允许我让你幸福到热泪盈眶

沈从文 等◎著 卓文◎主编

新世界出版社
NEW WORLD PRESS

图书在版编目（CIP）数据

允许我让你幸福到热泪盈眶 / 沈从文等著；卓文主编. -- 北京：新世界出版社，2017.4
ISBN 978-7-5104-6077-7

Ⅰ. ①允… Ⅱ. ①沈… ②卓… Ⅲ. ①散文集—中国—现代 Ⅳ. ①I266

中国版本图书馆CIP数据核字（2017）第 046543 号

允许我让你幸福到热泪盈眶

作　　者：沈从文等 著　卓文 主编
责任编辑：丁　鼎
责任校对：宣　慧
责任印制：李一鸣　高　金
出版发行：新世界出版社
社　址：北京西城区百万庄大街 24 号（100037）
发行部：（010）6899 5968　（010）6899 8705（传真）
总编室：（010）6899 5424　（010）6832 6679（传真）
http://www.nwp.cn
http://www.nwp.com.cn
版权部：+8610 6899 6306
版权部电子信箱：nwpcd@sina.com
印　刷：北京嘉业印刷厂
经　销：新华书店
开　本：880mm × 1230mm　1/32
字　数：160 千字　印张：7
版　次：2017 年 4 月第 1 版　2017 年 4 月第 1 次印刷
书　号：ISBN 978-7-5104-6077-7
定　价：35.80 元

目录

CONTENTS

西山的月

沈从文

你笑时，是有种比清香还能沁人心脾的东西。

“求你将我放在你心上如印记，带在你臂上如戳记。”我念诵着雅歌来希望你，我的好人。

你的眼睛还没掉转来望我，只起了一个势，我早惊乱得同一只听到弹弓弦子响中的小雀了。我是这样怕与你灵魂接触，因为你太美丽了的缘故。

但这只小雀，它愿意常常在弓弦响声下惊惊惶惶乱窜，从惊乱中，它已找到更多的舒适快活了。

在青玉色的中天里，那些闪闪烁烁的星群，有你的眼睛存在：因你的眼睛也正是这样闪烁不定，且不要风吹。

在山谷中的溪涧里，那些清莹透明的出山泉，也有你的眼睛存在：你眼睛我记着比这水还清莹透明，流动不止。

我侥幸又见到你一度微笑了，是在那晚风为散放的盆莲旁边。这笑里有清香，我一点都不奇怪，本来你笑时，是有种比清香还能沁人心脾的东西!

我见到你笑了，还找不出你的泪来。当我从一面篱笆前过身，见到那些嫩紫色牵牛花上负着的露珠，便想：倘若是她有什么不快事缠上了心，泪珠不是正同这露珠一样美丽，在凉月下会起虹彩吗？

我是那么想着，最后便把那朵牵牛花上的露珠用舌子舔干了。

“怎么这人哪，不将我泪珠穿起？”你必不会这样来怪我，我实在没有这种本领。我头发白得太多了，纵使我能，也找不到穿它的东西!

病渴的人，每日里身上疼痛，心中悲哀，你当真愿意不愿给渴了的人一点甘露喝？

这如像做好事的善人一样，可怜路人的渴涸，济以茶汤，恩惠将附在这路人心上，做好事的人将蒙福至于永远。

我日里要做工，没有空闲。在夜里得了休息时，便沿着山涧去找你。我不怕虎狼，也不怕伸着两把钳子来吓我的蝎子，只想在月下见你一面。

碰到许多打起小小火把夜游的萤火，问它：“朋友朋友，你曾见过一个人吗？”

“你找寻的那个人是个什么样子呢？”

我指那些闪闪烁烁的群星，“哪，这是眼睛。”

我指那些飘忽白云，“哪，这是衣裳。”

我要它静心去听那些涧泉和音，“哪，她声音同这一样。”

我末了把刚从花园内摘来那朵粉红玫瑰在它眼前晃了一下，“哪，这是脸。”

这些小东西，虽不知道什么叫作骄傲，还老老实实听我的话。

但当我问它听清白没有，只把头摇了摇就想跑。

“怎么，究竟见不见到呢？”——我赶着追问。

“我这灯笼照我自己全身还不够！先生，放我吧。不然，我会又要绊倒在那些不忠厚的蜘蛛设就的圈套里……虽然它也不能奈何我，但我不愿意同它麻烦。先生，你还是问别个吧，再扯着我会赶不上它们了。”——它跑去了。

我行步迟钝，不能同它们一起遍山遍野去找你——但凡是山上有月色流注到的地方，我都到了，不见你的踪迹。

回过头去，听那边山下有歌声飘扬过来，这歌声，出于日光只能在垣外徘徊的狱中。我跑去为他们祝福：

你那些强健无知的公绵羊啊！
神给了你强健却吝了知识：
每日和平守分地咀嚼主人给你们的窝窝头，
疾病与忧愁永不凭附于身；
你们是有福了——阿们！
你那些懦弱无知的母绵羊啊！
神给了你温柔却吝了知识：
每日和平守分地咀嚼主人给你们的窝窝头，
失望与忧愁永不凭附于身；
你们也是有福了——阿们！
世界之霉一时侵不到你们身上，
你们但和平守分地生息在圈牢里：
能证明你主人的恩惠——

同时证明了你主人的富有；

你们都是有福了——阿们！

当我起身时，有两行眼泪挂在脸上。为别人流还是为自己流呢？我自己还要问他人。但这时，除了中天那轮凉月外，没有能做证明的人。

我要在你眼波中去洗我的手，摩到你的眼睛，太冷了。

倘若你的眼睛真是这样冷，在你鉴照下，有个人的心会结成冰。

这也是我游香山时找得的一篇文章，找得的地方是半山亭。似乎是什么人遗落忘记的稿子。文章虽不及古文高雅，但半夜里能一个人跑上半山亭来望月，本身已就是个妙人了。

当我刚发见这稿子，念过前几段时，心想，不知是谁个女人来消受他这郁闷的热情，未免起了点妒羡心。到末了使我了然，因最后一行写的是“待人承领的爱”，这六个字令我失望，故把它圈掉了。为保存原文起见，乃在这里声明一句。

若有某个人能切实证明这招贴文章是寄她的，只要把地点告知，我也愿把原稿寄她，左右留在我身边也是无用东西。至于我，不经过别人许可，就在这里把别人文章发表了，不合理的地方，特在此致一声歉。不过，想来既然是招贴类文章，擅自发表出来，也不算十分无道德心吧。

一九二五年九月一日作

致张兆和

沈从文

我在温习你的一切。

三三：

船在慢慢地上滩，我背船坐在被盖里，用自来水笔来给你写封长信。这样坐下写信，并不吃力，你放心。这时已经三点钟，还可以走两个钟头。应停泊在什么地方，照俗谚说“行船莫算，打架莫看”，我不过问。大约可再走廿里，应歇下时，船就泊到小村边去，可保平安无事。

船泊定后，我必可上岸去画张画。你不知见到了我常德长堤那张画不？那张窄的长的。这里小河两岸全是如此美丽动人，我画得出它的轮廓，但声音、颜色、光，可永远无本领画出了。你实在应来这小河里看看，你看过一次，所得的，也许比我还多，就因为你梦里也不会想到的光景，一到这船上，便无不朗然入目了。这种时节，两边岸上还是绿树青山，水则透明如无物，小船用两个人拉着，便在这种清水里向上滑行，水底全是各色各样的石子。

舵手抿起个嘴唇微笑。我问他："姓什么？""姓刘。""在这河里划了几年船？""我今年五十三，十六岁就划船。"来，三三，请你为我算算这个数目。这人厉害得很，四百里的河道，涨水干涸河道的变迁，他无不明明白白。他知道这河里有多少滩、多少潭。看那样子，若许我来形容形容，他还可以说知道这河中有多少石头！是的，凡是较大的知名的石头，他无一不知！水手一共是三个，除了舵手在后面管舵管蓬管纤索的伸缩，前面舱板有两个人。其中一个是小孩子，一个是大人。两个人的职务是船在滩上时，就撑急水篙，左边右边下篙，把钢钻打得水中石头作出好听的声音；到长潭时，则荡桨，躬起个腰推扳长桨，把水弄得"哗哗"的，声音也很幽静温柔；到急水滩时，则两人背了纤索，把船拉去，水急了些，吃力时就伏在石滩上，手足并用地爬行上去。船是只新船，油得黄黄的，干净得可以作为教堂的神龛。

我卧的地方较低一些，可听得出水在船底流过的细碎的声音。前舱用板隔断，故我可以不被风吹。我坐的是后面，凡为船后的天、地、水，我全可以看到。我就这样一面看水，一面想你。我快乐，就想应当同你快乐，我闷，就想要你在我必可以不闷。我同船老板吃饭，我盼望你也在一角吃饭。我至少还得在船上过七个日子，还不把下行的计算在内。你说，这七个日子我怎么办？天气又不是很好，并无太阳，天是灰灰的，一切较远的边岸小山同树木，皆裹在一层轻雾里，我又不能照相，也不宜画画。看看船走动时的情形，我还可以在上面写文章，感谢天，我的文章既然提到的是水上的事，在船上实在太方便了。倘若写文章得选择一个地方，我如今所在的地方是太好了一点的。不过，我离得你那么远，文章如何写得下去。我至少还得在船上过七个日子，还不把下行的日子计算在内。你说，这七个日子我怎么办？“我不能写文章，就写信。”我这么打算，我一定做到。我每天可以写四张，若写完四张，事情还不说完，我再写。这只手既然离开了你，也只有来折磨它了。

我来再说点船上事情吧。船现在正在上滩，有白浪在船旁奔驰，我不怕。船上除了寂寞，别的是无可怕的。我只怕寂寞。但这也可训练一下我自己。我知道对我这人不宜太好，到你身边，我有时真会使你皱眉，我疏忽了你，使我疏忽的原因，便只是你待我太好，纵容了我。但你一生气，我即刻就不同了。现在则用一件人事把两人分开，用别离来训练我，我明白你如何在支配我，管领我！为了只想同你说话，我便钻进被盖中去，闭着眼睛。你瞧，这小船多好！你听，水声多优雅！你听，船那么“轧轧”响着，它在说话！它说：“两个人尽管说笑，不必担心那掌舵人。他的职务在看水，他忙着。”船真“轧轧”地响着。可是我如今同谁去说？我不高兴！

梦里来赶我吧，我的船是黄的，船主名字叫作“童松柏”，桃源县人。尽管从梦里赶来，沿了我所画的小堤一直向西走，沿河的船虽千千万万，我的船你自然会认识的。这里地方，狗并不咬人，不必在梦里为狗吓醒！

你们为我预备的铺盖，下面太薄了点，上面太硬了点，故我很不暖和，在旅馆已嫌不够，到了船上可更糟了。盖的那床被，大而不暖，不知为什么，独选着它陪我旅行。我在常德买了一斤腊肝，半斤腊肉，在船上吃饭很合适……莫说吃的吧，因为摇船歌又在我耳边响着了，多美丽的声音！

我们的船在煮饭了，烟味儿不讨人嫌。我们吃的饭是粗米饭，很香很好吃。可惜我们忘了带点豆腐乳，忘了带点北京酱菜。想不到的是，路上那么方便，早知道那么方便，我们还可带许多宝贝来上面，当“真宝贝”去送人！

你这时节应当在桌边做事的。

山水美得很，我想你一同来坐在舱里，从窗口望那点紫色的小山；我想让一个木筏使你惊讶，因为那木筏上面还种菜；我想要你来使我的手暖和一些……

二哥

十三日下午五时

三三：

五点半我又醒了，为恶梦吓醒的。醒来听听各处，世界那么静。回味梦中一切，又想到许多别的问题。山鸡叫了，真所谓百感交集。我已经不想再睡了。你这时说不定也快醒了！你若照你个人独居的习惯，这时应当已经起了床的。

我先是梦到在书房看一本新来的杂志，上面有些稀奇古怪的文章，后来我们订婚请客了，在一个花园中，请了十个人，媒人却姓曾。一个同小五哥年龄相仿佛的中学生，但又同我是老同学。酒席摆在一个人家的花园里，且在大梅花树下面。来客整整坐了十位，只其中曾姓小孩子不来，我便去找寻他。到处找不着，再赶回来时，客全跑了，只剩下些粗人，桌上也只放下两样吃的菜。我问这是怎么回事，方知道，他们等客不来，各人皆生气，散了。我就赶快到处去找你，却找不到。再过一阵，我又似乎到了我们现在的家中房里，门皆关着，院子外有狮子一只，在咆哮。我真着急。想出去不成，想别的方法通知一下你们也不成。这狮子可是我们家养的东西。不久，张大姐（她年纪似乎只十四岁）拿生肉来喂狮子了，狮子把肉吃过，就地翻斤斗给我们看。我同你就坐在正屋门限上，看它玩一切把戏，还看得到好好的太阳影子！再过一阵，我们出门野餐去了，到了个湖中央堤上，黄泥做成的堤，两人坐下看水，那狮子则在水中游泳。过不久，这狮子理着项下长须，它变成了同于右任差不多的一个胡子了……

醒来只听到许多鸡叫，我方明白，我还是在小船上。我希望梦到你，但同时还希望梦中的你比本来的你更温柔些。可是我成天上滩，在深山长潭里过日子，梦得你也不同了。也许是鲤鱼精来作梦，假充你到我面前吧。

这时真静，我为了这静，好像读一首怕人的诗。这真是诗。不同处就是任何好诗所引起的情绪，还不能那么动人罢了。这时心里透明的，想一切皆深入无间。我在温习你的一切。我真带点儿惊讶，当我默读到生活某一章时，我不止惊讶。我称量我的幸运，且计算它，但这无法使我弄清楚一点点。你占去了我的感情全部。为了这点幸福的自觉，我叹息了。

倘若你这时见到我，你就会明白，我如何温柔！一切过去的种种，它的结局皆在把我推到你身边、心上，你的一切过去，也皆在把我拉近你身边、心上。这真是命运。而且从二哥说来，这是如何幸运！我还要说的话，不想让烛光听到，我将吹熄了这支蜡烛，在暗中向空虚去说。

二哥

十七日上午六点十分

致宋清如

朱生豪

渴望着信来的时候，每一分钟是一个世纪，每一点钟是一个无穷。

青女：

我不很快乐，因为你不很爱我。但所谓不很快乐者，并不等于不快乐，正如不很爱我不等于不爱我一样。而且，一个人有时是“不很”知道自己的。也许我以为我爱你，其实我并不爱你；也许你以为不很爱我，其实很爱我也说不定，因此这一切不必深究。如果你不接受我的欢喜，你把它丢了也得。我不管。因为如果你把“欢喜”还给我，那即是说，你也得欢喜我。我知道你是不肯怎样很欢喜我的。你以为你很不好也罢，我只以为你是很好的；你以为将来我会不欢喜你也罢，我只以为我会永远欢喜你的。这种话，空口说说不能令人相信，到将来再看吧。我希望我们能倒转活着，先活将来，后活现在。这样，我可以举实在的凭据，打倒你对我的不信任。

我永远不恨你骂你好不好？

不准你问我要不要钱用，因为如果我没钱用

而真非用不可的时候，我总有设法处的。要是真没有设法处，我也会自己向你开口的。此刻我尚有钱。

兄弟如有不好之处，务望包涵见谅为荷。

以后，我每天或间一天给信你，你每星期给一次信我，好不好？其实我只要你稍为有点欢喜我，就已心满意足了。我相信你终不至于全然不喜欢我，有时你说起话来带着——不说了。

我发疯似的祝你好！

丑小鸭

澄：

带着一半绝望的心，回来吃饭，谢谢天，我拾回了我的欢喜。别说冬天容易过，渴望着信来的时候，每一分钟是一个世纪，每一点钟是一个无穷。然而，想着你是在幸福的家里，竚念的心，也总算有了安慰。

你不会责备我说过的那些无聊话？

我实在喜欢你那一身的诗劲儿，我爱你像爱一首诗一样。

问你寒假里有没有安排的人，我不知是谁，大概是一位蠢货，一定。理想的人生，应当充满着神来之笔，那才酣畅有劲。计划，即使实现了也没趣。祝福你。

告诉我几时开学，我将数着日子消遣儿，我一定一天撕两张日历。

朱

廿三下午

好：

我希望世上有两个宋清如，我爱第一个宋清如，但和第二个宋清如通着信。我并不爱第二个宋清如，我对第二个宋清如所说的话，意中都指着第一个宋清如，但第一个宋清如甚至不知道我的存在。要你知道我爱你，真是太乏味的事，为什么我不从头开始起就保守秘密呢？

为什么我一想起你，你总是那么小，小得可以藏在衣袋里？我伸手向衣袋里一摸，衣袋里果然有一个宋清如，不过她已变成一把小刀（你古时候送给我的）。

我很悲伤，因为知道我们死后将不会在一起，你一定到天上去无疑，我却已把灵魂卖给魔鬼了。不知天堂与地狱之间，许不许通信。

我希望悄悄地看见你，不要让你看见我，因为你不愿意看见我。

我寂寞，我无聊，都是你不好。要是没有你，我不是可以写写意意地自杀了吗？

想来你近来不曾跌过跤？昨天我听见你大叫一声。假的，骗骗你。

愿你好好好好好好好。

米非士都非勒斯

十三

致刘霓君

朱湘

她问是谁绣的，我说是我的太太；她又问那相是谁，我也说是我的太太。

霓妹亲爱：

接到你正月廿晚的信，说有十天没有接到信，到电影院看电影看得很伤心。那些信纸上面有许多红印子，那自然是你流的眼泪了。我极其难受。亲爱的妹妹，我不曾害病，外面我少出门，汽车等等危险也没遇到，你放心罢。那时我刚从亚坡屯到芝加哥来，忙了一阵，所以十天你不曾接到我的信。这封信是第九封。九封以前，我曾经从芝加哥写过阳历一月六日、十五日、廿一日、卅一日，四封信给你。二月六日起，是第一封。所以我到芝加哥以后，总共写过十三封信给你，平均是六天一封。不知你都收到了没有。你做梦梦见我很瘦，你不忍心，可见你对我的心肠极好，我听到了是多么快活高兴。我们的爱情是天长地久。只要把这三年过了，便是夫妻团圆，儿女齐前，那是多么快活的事情。能够早回，一定早归。外国实在不如我们在一起时那么有味；举目无亲，闷时只有看书。身体还好，倒免得你记挂。我自然要考到了一个名气再回国，不然落人耻笑，也混不了饭吃。外国照相贵得不得了，但是我总要照一次，大概等三个月，阳历六月总可以照好寄给你。芝加哥大学与别的学堂不同。别的学堂都是一年分两学期，另有暑假，芝加哥大学是一年分作四学季，夏天也算一学季，用功的学生夏天也可以念书，这样多念功课，可以早些毕业。我的身体如若不坏，夏天我是照常上课，那样我在明年阳历八月底，便可毕业得学士。得了学士以后，念三季的书，便得硕士，那就是后年阳历六月半。考到硕士以后，考不考博士呢？那就临时再讲罢。考博士要大后年阳历一九三一年（就是辛未年）年底才能回国。这是说加工读书，暑假都不停的话。

如若身体受不住这番苦工，或是我们分离过久，彼此想得太厉害，那时候我恐怕考完硕士，由欧洲经过英国、法国、意大利等等回中国。从前说的两年得博士，那是笑话，因为初来美国，情形不明白；如今知道，是绝办不到的。无论何人来美国，都是四五年才考到博士，有的学医，简直要八年。如今春天了，常常出太阳，心里觉得爽快许多。从前来芝加哥是冬天，阴沉沉的，实在不舒服。我翻译了两首中国诗，登在芝加哥大学学生出的《凤凰杂志》上，想必你听到了快活，所以我特别告诉你。熟人请我去了博物馆，那房子不用说是很大，里面都是些动物的标本模型。有一架鲸鱼头的骨头总有一丈长，那整个鲸鱼活的时候至少总有四丈长。你还记得我们从天津到上海的船上看见的鲸鱼吗？我这次在太平洋上作了一首诗，里面有几句是这样：

我要乘船舶高航，
在这汪洋：
看浪花丛簇，
似白鸥升没，
看波澜似龙脊低昂，
还有鲸鲵，
戏洪涛跳掷颠狂。

这里面末了两句，你看见了一定还记得当时的情景。博物馆中，狮子、老虎自然是有的；还有一架骨头，颈子特别长，与身子高一般，总共算起来，从头到脚至少有一丈，这兽在外国叫“吉拉伏”，如今已是绝种了，就是我们中国说的麒麟。“吉拉伏”性子是很温和的，它那么长的颈子，是用来伸到树上吃树叶子的。我们中国说麒麟不吃肉，光吃草叶，正是一样。还有一个怪兽（这是标本，同活的一般，便是活的拿药水做出，再也不会烂），这兽很像熊，有狗那么大，最奇怪的是它的嘴，有一两尺长，像一柄锥子一样，这东西名叫“食蚁兽”，那细而长的嘴，就是用来伸进蚂蚁洞中去吃蚂蚁的。蚂蚁那么小的东西居然把它养得同狗一样大，你看这奇怪不？还有许多鸟，挂在玻璃窗橱之内，那橱总有一丈宽一丈高，五尺深。有的拿真的树做成树林，背后两边再画一张假树林加了天罗山罗，鸟儿有的歇在枝上，有的飞在空中。水鸟的窗橱是用真水做出一个池塘，有真水草，背后两边也有一张画的风景。鸟儿有的站在水里，有的藏在草中。你看这是多么巧妙。博物馆中也有中国东西，不过不算很多，最有趣的是把中国的宝塔作出些五尺高的模型来，下面注明这是什么城的。

这博物馆下次我再去的时候问问他们有照片没有，如有，我买了寄给你。你绣给我的相架我把我们同在北京照的那张相剪下你的相来，用这种信纸剪出一个蛋形的洞，把纸套在相上，插进架中。今天早上被管家婆看见了，她稀奇得不得了，说你长得美丽之至，花也绣得美丽之至。我告诉她，这是中国绣花的一种，那是你的，那是我的名字。她问是谁绣的，我说是我的太太；她又问那相是谁，我也说是我的太太。

沅

三月廿四日第九封

致许广平

鲁迅

我现在只望乖姑要乖，保养自己，我也当平心和气，度过预定的时光，不使“小刺猬”忧虑。

广平兄：

依我想，早该得到你的来信了，然而还没有。大约闽粤间的通邮，不大便当，因为并非每日都有船。此地只有一个邮局代办所，星期六下午及星期日不办事，所以今天什么信件也没有——因为是星期——且看明天怎样罢。

我到厦门后便发一信（五日），想早到。现在住了已经近十天，渐渐习惯起来了，不过言语仍旧不懂，买东西仍旧不便。开学在二十日，我有六点钟功课，就要忙起来，但未开学之前，却又觉得太闲，有些无聊，倒望从速开学，而且合同的年限早满。学校的房子尚未造齐，所以我暂住在国学院的陈列所屋里，是三层楼上，眺望风景，极其合宜。我已写好一张有这房子照相的明信片，或者将与此信一同发出。季黻（许寿裳）的事没有结果，我心中很不安，然而也无法可想。

十日之夜发飓风，十分厉害，语堂的住宅的

房顶也吹破了，门也吹破了。粗如笔杆的铜闩也都挤弯，毁东西不少。我所住的屋子只破了一扇外层的百叶窗，此外没有损失。今天学校近旁的海边漂来不少东西，有桌子，有枕头，还有死尸，可见别处还翻了船或漂没了房屋。

此地四无人烟，图书馆中书籍不多，常在一处的人，又都是“面笑心不笑”，无话可谈，真是无聊之至。海水浴倒是很近便，但我多年没有凫水了；又想，倘使“害马”在这里，恐怕一定不赞成我这种举动，所以没有去洗，以后也不去洗罢，学校有洗浴处的。夜间，电灯一开，飞虫聚集甚多，几乎不能做事，此后事情一多，大约非早睡而一早起来做不可。

迅

九月十二日夜

乖姑！小刺猬：

在沪宁车上，总算得了一个坐位；渡江上了平浦通车，也居然定着一张卧床。这就好了。吃过一元半的夜饭，十一点睡觉，从此一直睡到第二天十二点钟。醒来时，不但已出江苏境，并且通过了安徽界蚌埠，到山东界了。不知道“刺猬”可能如此大睡，我怕她鼻子冻冷，不能这样。

车上和渡江的船上，遇见许多熟人，如马幼渔的侄子，齐寿山的朋友，未名社的一伙；还有几个阔人，说是我的学生，但我不识他们了。那么，我的到北平，昨今两日，必已为许多人所知道。

今天午后到前门站，一切大抵如旧，因为正值妙峰山香市，所以倒并不冷静。正大风，饱餐了三年未吃的灰尘。下午发一电，我想，倘快，则十六日下午可达上海了。

家里一切如旧，母亲精神形貌仍如三年前，她说，“害马”为什么不同来呢？我答以有点不舒服。其实我在车上曾想过，这种震动法，于乖姑是不相宜的。但母亲近来的见闻范围似很窄，她总是同我谈八道湾，这于我是毫无关心的，所以我也不想多说我们的事，因为恐怕于她也不见得有什么兴趣。平常似常常有客来住，多至四五个月，连我的日记本子也都打开过了，这非常可恶，大约是姓车的男人所为。他的女人，廿六七又要来了，那自然，这就使我不能多住。

不过这种情形，我倒并不气，也不高兴，久说必须回家一趟，现在是回来了，了却一件事，总是好的。此刻是十二点，却很静，和上海大不相同。我不知乖姑睡了没有？我觉得她一定还未睡着，以为我正在大谈三年来的经历了。其实并未大谈，我现在只望乖姑要乖，保养自己，我也当平心和气，度过预定的时光，不使“小刺猬”忧虑。

今天就是这样罢，下回再谈。

EL

五月十五夜

致杨之华

瞿秋白

我梦里也不能离你的印象。

之华：

今天接到你二月二十四日的信。这封信算是走得很快的了。你的信，是如此之甜蜜，我像饮了醇酒一样，陶醉着。我知道你同着独伊去看《青鸟》，我心上非常之高兴。《青鸟》是梅德林（梅特林克）的剧作，俄国剧院做得很好的。我在这里每星期也有两次电影看，有时也有好片子。不过，从我来到现在，只有一次影片是好的，其余不过是消磨时间罢了。独伊看了《青鸟》一定是非常高兴。我的之华，你也要高兴的。

之华，我想，如果我不延长在此的休息期，我三月八日就可以到莫斯科。如果我还要延长两星期，那就要到三月二十日。我如何是好呢？我又想快些快些见着你，又想依你的话多休息几星期。我如何呢？之华，体力是大有关系的。我最近几天觉得兴致好些，我要运动，要滑雪，要打乒乓；想着将来的工作计划，想着如何地同你在莫斯科玩耍，如何地帮你读俄文，教你练习汉文。我自己将来想做的工作，我想，是越简单越好，以前总是“贪多少做”。

可是，我的肺病仍然是不大好，最近两天右部的胸膛痛得厉害，医生又叫我用电光照了。

之华，《小说月报》怎么还没寄来，问问云白（瞿秋白的弟弟）看!

之华，独伊如此地和我亲热了，我心上极其欢喜，我欢喜她，想着她的有趣齐整的笑容，这是你制造出来的啊！之华，我每天总是梦着你或是独伊。梦中的你是如此之亲热……哈哈。

要睡了，要再梦见你。

秋白

一九二九年二月二十六日晚

之华：

临走的时候，极想你能送我一站，你竟徘徊着。

海风是如此的飘漾，晴朗的天日照着我俩的离怀。相思的滋味又上心头。六年以来，这是第几次呢？空阔的天穹和碧落的海光，令人深深地了解那“天涯”的意义。海鸥绕着桅樯，像是依恋不舍，其实双双栖宿的海鸥，有着自由的两翅，还羡慕人间的鞅掌。我俩只是少健康，否则，如今正是好时光，像海鸥样的自由，像海天般的空旷，正好准备着我俩的力量，携手上沙场。

之华，我梦里也不能离你的印象。

独伊想起我吗？你一定要将地名留下，我在回来之时，要去看她一趟。下年她要能换一个学校，一定是更好了。

你去那里，尽心地准备着工作，见着娘家的人，多么好的机会。我追着就来，一定是可以同着回来，不像现在这样寂寞。你的病怎样？我只是牵记着。

可惜，这次不能写信，你不能写信。我要你弄一本小书，将你要写的话，写在书上，等我回来看！好不好？

秋白

一九二九年七月十五日

爱　眉

徐志摩

你穿上一件蓝布袍，你的眉目间就有一种特异的光彩，我看了心里就觉着不可名状的欢喜。

八月九日

“幸福还不是不可能的”，这是我最近的发现。

今天早上的时刻，过得甜极了。我只要你。有你，我就忘却一切，我什么都不想，什么都不要了，因为我什么都有了。与你在一起没有第三人时，我最乐。坐着谈也好，走道也好，上街买东西也好。厂甸我何尝没有去过，但哪有今天那样的甜法；爱是甘草，这苦的世界有了它就好上口了。眉，你真玲珑，你真活泼，你真像一条小龙。

我爱你朴素，不爱你奢华。你穿上一件蓝布袍，你的眉目间就有一种特异的光彩，我看了，心里就觉着不可名状的欢喜。朴素是真的高贵。你穿戴齐整的时候，当然是好看，但那好看是寻常的，人人都认得的。素服时的眉，有我独到的领略。

"玩人丧德，玩物丧志"，这话确有道理。

我的胸膛并不大，决计装不下整个或是甚至部分的宇宙。我的心河也不够深，常常有露底的忧愁。我即使小有才，决计不是天生的，我信是勉强来的；所以每回我写什么，多少总是难产，我唯一的靠傍是刹那间的灵通。我不能没有心的平安。眉，只有你能给我心的平安。在你完全的蜜甜的高贵的爱里，你享受无上的心与灵的平安。

凡事开不得头，开了头便有重复，甚至成习惯的倾向。在恋中人，也得提防小漏缝儿，小缝儿会变大窟窿，那就糟了。我见过两相爱的人因为小事情误会斗口，结果只有损失，没有利益。我们家乡俗谚有："一天相骂十八头，夜夜睡在一横头。"意思说，是好夫妻也免不了吵。我可不信，我信合理的生活，动机是爱，知识是南针；爱的生活也不能纯粹靠感情，彼此的了解是不可少的。爱是帮助了解的力，了解是爱的成熟，最高的了解，是灵魂的化合，那是爱的圆满功德。

没有一个灵性不是深奥的，要懂得，真认识一个灵性，是一辈子的工作。这工夫愈下愈有味，像逛山似的，唯恐进得不深。

眉，你今天说想到乡间去过活，我听了顶欢喜，可是你得准备吃苦。总有一天，我引你到一个地方，使你完全转变你的思想与生活的习惯。你这孩子其实是太娇养惯了！我今天想起丹农雪乌的《死的胜利》的结局；但中国人，哪配！眉，你我从今起，对爱的生活负有做到他十全的义务。我们应得努力。眉，你怕死吗？眉，你怕活吗？活比死难得多！眉，老实说，你的生活一天不改变，我一天不得放心。但北京就是阻碍你新生命的一个大原因，因此我不免发愁。

我从前的束缚是完全靠理性解开的；我不信你的就不能用同样的方法。万事只要自己决心；决心与成功间的是最短的距离。

往往一个人最不愿意听的话，是他最应得听的话。

致亡妻

朱自清

除了孩子，你心里只有我。

谦，日子真快，一眨眼你已经死了三个年头了。这三年里，世事不知变化了多少回，但你未必注意这些个，我知道。你第一惦记的是你几个孩子，第二便轮着我。孩子和我平分你的世界，你在日如此；你死后若还有知，想来还如此的。告诉你，我夏天回家来着：迈儿长得结实极了，比我高一个头；闰儿，父亲说是最乖，可是没有先前胖了；采芷和转子都好；五儿，全家夸她长得好看，却在腿上生了湿疮，整天坐在竹床上不能下来，看了怪可怜的；六儿，我怎么说好，你明白，你临终时也和母亲谈过，这孩子是只可以养着玩儿的，他左挨右挨，去年春天，到底没有挨过去。这孩子生了几个月，你的肺病就重起来了。我劝你少亲近他，只监督着老妈子照管就行。你总是忍不住，一会儿提，一会儿抱的。可是你病中为他操的那一份儿心，也够瞧的。那一个夏天，他病的时候多。你成天儿忙着，汤呀，药呀，冷呀，暖呀，连觉也没有好好儿睡过。哪里有一分一毫想着你自己。瞧着他硬朗点儿，你就乐，干枯的笑容在黄蜡般的脸上。我只有暗中叹气而已。

从来想不到，做母亲的要像你这样。从迈儿起，你总是自己喂乳，一连四个都这样。你起初不知道按钟点儿喂，后来知道了，却又弄不惯；孩子们每夜里几次将你哭醒了，特别是闷热的夏季。我瞧你的觉老没睡足。白天里还得做菜，照料孩子，很少得空儿。你的身子本来坏，四个孩子就累你七八年。到了第五个，你自己实在不成了，又没乳，只好自己喂奶粉，另雇老妈子专管她。但孩子跟老妈子睡，你就没有放过心；夜里一听见哭，就竖起耳朵听，工夫一大，就得过去看。十六年初，和你到北京来，将迈儿、转子留在家里。三年多，还不能去接他们，可真把你惦记苦了。你并不常提，我却明白。你后来说，你的病就是惦记出来的，那个自然也有份儿，不过，大半还是养育孩子累得。你的短短的十二年结婚生活，有十一年耗费在孩子们身上；而你一点不厌倦，有多少力量，用多少，一直到自己毁灭为止。你对孩子一般儿爱，不问男的女的，大的小的。也不想到什么“养儿防老，积谷防饥”，只拼命地爱去。你对于教育，老实说，有些外行。孩子们只要吃得好、玩得好就成了。这也难怪你，你自己便是这样长大的。况且，孩子们原都还小，吃和玩本来也要紧的。你病重的时候，最放不下的还是孩子。病得只剩皮包着骨头了，总不信自己不会好，老说：“我死了，这一大群孩子可苦了。”后来，说送你回家，你想着可以看见迈儿和转子，也愿意；你万不想到会一走不返的。我送车的时候，你忍不住哭了，说：“还不知能不能再见？”可怜，你的心我知道，你满想着好好儿带着六个孩子回来见我的。谦，你那时一定这样想，一定的。

除了孩子，你心里只有我。不错，那时你父亲还在；可是你母亲死了，他另有个女人，你老早就觉得隔了一层似的。出嫁后第一年，你虽还一心一意依恋着他老人家，到第二年上，我和孩子可就将你的心占住，你再没有多少工夫惦记他了。你还记得第一年我在北京，你在家里。家里来信说你待不住，常回娘家去。我动气了，马上写信责备你。你叫人写了一封覆信，说家里有事，不能不回去。这是你第一次也可以说第末次的抗议，我从此就没给你写信。暑假时，带了一肚子主意回去，但见了面，看你一脸笑，也就拉倒了。打这时候起，你渐渐从你父亲的怀里，跑到我这儿。你换了金镯子，帮助我的学费，叫我以后还你；但直到你死，我没有还你。你在我家受了许多气，又因为我家的缘故，受你家里的气，你都忍着。这全为的是我，我知道。那回，我从家乡一个中学半途辞职出走。家里人讽你也走。哪里走！只得硬着头皮往你家去。那时，你家像个冰窖子，你们在窖里足足住了三个月。好容易我才将你们领出来了，一同上外省去。小家庭这样组织起来了。你虽不是什么阔小姐，可也是自小娇生惯养的，做起主妇来，什么都得干一两手；你居然做下去了，而且高高兴兴地做下去了。菜照例满是你做，可是吃的都是我们；你至多夹上两三筷子就算了。你的菜做得不坏，有一位老在行，大大地夸奖过你。你洗衣服也不错，夏天，我的绸大褂，大概总是你亲自动手。你在家老不乐意闲着；坐前几个“月子”，老是四五天就起床，说是躺着家里事没条没理的。其实，你起来，也还不是没条理；咱们家那么多孩子，哪儿来条理？在浙江住的时候，逃过两回兵难，我都在北平。真亏你领着母亲和一群孩子东藏西躲的；末一回还要走多少里路，翻一道大岭。这两回，差不多只靠你一个人。你不但带了母亲和孩子们，还带了我一箱箱的书；你知道我是最爱书的。在短短的十二年里，你操的心比人家一辈子还多。谦，你那样身子怎么经得住！你将我的责任一股脑儿担负了去，压死了你。我如何对得起你！

你为我的劳什子书也费了不少神。第一回，让你父亲的男佣人从家乡捎到上海去，他说了几句闲话，你气得在你父亲面前哭了。第二回，是带着逃难，别人都说你傻子，你有你的想头："没有书怎么教书？况且他又爱这个玩意儿。"其实，你没有晓得，那些书丢了也并不可惜；不过叫你怎么晓得，我平常从来没和你谈过这些个！总而言之，你的心是可感谢的。这十二年里，你为我吃的苦真不少，可是没有过几天好日子。我们在一起住，算来也还不到五个年头。无论日子怎么坏，无论是离是合，你从来没对我发过脾气，连一句怨言也没有。——别说怨我，就是怨命也没有过。老实说，我的脾气可不大好，迁怒的事儿有的是。那些时候，你往往抽噎着流眼泪，从不回嘴，也不号啕。不过，我也只信得过你一个人，有些话，我只和你一个人说。因为，世界上只你一个人真关心我，真同情我。你不但为我吃苦，更为我分苦；我之有我现在的精神，大半是你给我培养着的。这些年来，我很少生病。但我最不耐烦生病，生了病就呻吟不绝，闹那伺候病的人。你是领教过一回的，那回只一两点钟，可是也够麻烦了。你常生病，却总不开口，挣扎着起来；一来怕搅我，二来怕没人做你那份儿事。我有一个坏脾气，怕听人生病，也是真的。后来，你天天发烧，自己还以为南方带来的疟疾，一直瞒着我。明明躺着，听见我的脚步，一骨碌就坐起来。我渐渐有些奇怪，让大夫一瞧，这可糟了，你的一个肺已烂了一个大窟窿了！大夫劝你到西山去静养，你丢不下孩子，又舍不得钱；劝你在家里躺着，你也丢不下那份儿家务。越看越不行了，这才送你回去。明知凶多吉少，想不到只一个月工夫你就完了！本来盼望还见得着你，这一来可拉倒了。你也何尝想到这个？父亲告诉我，你回家独住着一所小住宅，还嫌没有客厅，怕我回去不便哪！

前年夏天回家，上你坟上去了。你睡在祖父母的下首，想来还不孤单的。只是当年祖父母的坟太小了，你正睡在圹底下。这叫作“抗圹”，在生人看来，是不安心的；等着想办法哪。那时，圹上圹下密密地长着青草，朝露浸湿了我的布鞋。你刚埋了半年多，只有圹下多出一块土，别的全然看不出新坟的样子。我和隐今夏回去，本想到你的坟上来；因为她病了，没来成。我们想告诉你，五个孩子都好，我们一定尽心教养他们，让他们对得起死了的母亲——你！谦，好好儿放心安睡吧，你。

一九三二年十月十一日作

（原载1933年1月1日《东方杂志》第30卷第1号）

冬　天

朱自清

回来的时候，楼下厨房的大方窗开着，并排地挨着她们母子三个；三张脸都带着天真，微笑地向着我。

说起冬天，忽然想到豆腐。是一“小洋锅”（铝锅）白煮豆腐，热腾腾的。水滚着，像好些鱼眼睛，一小块一小块豆腐养在里面，嫩而滑，仿佛反穿的白狐大衣。锅在“洋炉子”（煤油不打气炉）上，和炉子都熏得乌黑乌黑，越显出豆腐的白。这是晚上，屋子老了，虽点着“洋灯”，也还是阴暗。围着桌子坐的是父亲跟我们哥儿三个。“洋炉子”太高了，父亲得常常站起来，微微地仰着脸，觑着眼睛，从氤氲的热气里伸进筷子，夹起豆腐，一一地放在我们的酱油碟里。我们有时也自己动手，但炉子实在太高了，总还是坐享其成的多。这并不是吃饭，只是玩儿。父亲说晚上冷，吃了大家暖和些。我们都喜欢这种白水豆腐；一上桌就眼巴巴望着那锅，等着那热气，等着热气里从父亲筷子上掉下来的豆腐。

又是冬天，记得是阴历十一月十六晚上，

跟S君、P君在西湖里坐小划子。S君刚到杭州教书，事先来信说：“我们要游西湖，不管它是冬天。”那晚月色真好，现在想起来，还像照在身上。本来前一晚是“月当头”；也许十一月的月亮真有些特别吧。那时九点多了，湖上似乎只有我们一只划子。有点风，月光照着软软的水波；当间那一溜儿反光，像新砑的银子。湖上的山只剩了淡淡的影子。山下偶尔有一两星灯火。S君口占两句诗道：“数星灯火认渔村，淡墨轻描远黛痕。”我们都不大说话，只有均匀的桨声。我渐渐地快睡着了。P君“喂”了一下，才抬起眼皮，看见他在微笑。船夫问要不要上净寺去；是阿弥陀佛生日，那边蛮热闹的。到了寺里，殿上灯烛辉煌，满是佛婆念佛的声音，好像醒了一场梦。这已是十多年前的事了，S君还常常通着信，P君听说转变了好几次，前年是在一个特税局里收特税了，以后，便没有消息。

在台州过了一个冬天，一家四口子。台州是个山城。可以说，在一个大谷里，只有一条二里长的大街。别的路上，白天简直不大见人，晚上一片漆黑。偶尔人家窗户里透出一点灯光，还有走路的拿着的火把；但那是少极了。我们住在山脚下。有的是山上松林里的风声，跟天上一只两只的鸟影。夏末到那里，春初便走，却好像老在过着冬天似的；可是即便真冬天，也并不冷。我们住在楼上，书房临着大路；路上有人说话，可以清清楚楚地听见。但因为走路的人太少了，间或有点说话的声音，听起来，还只当远风送来的，想不到就在窗外。我们是外路人，除上学校去之外，常只在家里坐着。妻也惯了那寂寞，只和我们爷儿们守着。外边虽老是冬天，家里却老是春天。有一回，我上街去，回来的时候，楼下厨房的大方窗开着，并排地挨着她们母子三个；三张脸都带着天真，微笑地向着我。似乎台州空空的，只有我们四人；天地空空的，也只有我们四人。那时是民国十年，妻刚从家里出来，满自在。现在，她死了快四年了，我却还老记着她那微笑的影子。

无论怎么冷，大风大雪，想到这些，我心上总是温暖的。

（原载1933年12月1日《中学生》第40号）

给亡妻

陆蠡

我们在白天接吻。

我们同坐在小船里手牵着手。

我要在人前夸耀我爱我的妻。

姊呀，请你祝福我，帮助我驱除览稿之念，好让我平安地过活，把你的爱女养大成人。她，是你所爱的。

姊，到现在我才发现，我是怎样的爱你。我为你半年来泪却未曾干。我呼唤你的名字，但你不答应，因此我更悲伤。

我想忘了你，我不能，所以我便写胡乱的字在这本簿子上。好像是写成文字之后，影像便会更淡似的。且试试看吧，我希望能够忘了你。

姊姊哟，现在这两个字于我是多么亲热。孩子曾数次问我，我叫你什么，我说“我叫她姐姐”，她不信。这一点在孩子，将永远成为谜的。

你写给我的信，我看不懂。我只记得这二句：“生姜苦殊却尝够，问问你来为甚同。”姐姐，你痛苦，现在我更痛苦。

姐姐哟，我爱你的头发，因为它们是很长。我把它当作蓊郁的树荫，以为在那被找到荫丛了呢。姐姐，你去了，随着我失去了你的头发。姐姐，你应懊悔，不曾把美丽的头发缠住我的头颈，叫我跟你同去。

姐姐哟，想起你的肉身不是不敬么？不，姐姐，你不会怪我的。因为你是我肉中之肉啊！

姐姐啊！假如你在，我们将可以住一间新屋子，前面有花，后面有菜。孩子长大得可爱，你看，我们是多幸福。

为了孩子，所以我不能跟你去呵，亲爱的姐。我打算再活十年。那时，孩子十六岁，勉强可以嫁人。我便可跟姐姐一道了。

姐姐呵，我是怎样渴想吻你啊！但是现在，黄土掩埋了你的脸。姐姐，你应当懊悔。你以前不肯吻我。我是你亲爱的弟弟，为何不吻我？

我们结婚只有十年，但是姐姐算来算去说有十二年。不知怎样算的。

姊姊的面貌，在我生疏了，因为我总共没有半年的见面，姐姐，我真懊悔。

我现在向谁说我爱姐姐。除非在你的坟前。世上没有人记得你。孩子一次说得真乖。我问她记得妈妈么？她回答记得的，说就是到明年也还记得的。但是大了之后，当然忘了。

你想我怎样来纪念你，姐啊。我的想法可惜都行不通。我想把你的坟墓搬到青山绿水的地方，那附近没有行人来往。我要在坟上亲手写镌下小小的墓碑，文字是这样的：

呜呼书姊：

十□失恃

十□失怙

二十从余

三十而殁

世无哀者

唯弟念之

下题弟沐手立。

姐姐，上次在箱中看到你的红绒的衬衫，那是我们结婚的时候穿的。姐姐，人不如衣久啊。

姐姐，为了你，我陷入悲哀的深渊中了，我失了一切的理智和能力。我也许因此失去我的职业，都是为了纪念姐姐。

姐姐啊，帮助我解除无用的烦恼。让我重想做人吧。帮助我，使我快乐，使我得到满足，因为我不能死，还有姐姐的孩子。

姐姐，吻我呢，在梦中吻我。姐姐啊，我梦见你了。一次，我梦见姐姐的身体，那是这样可爱的。一次，我梦你脸削瘦如病人。还有很多次，我忘了。姐姐，多给我几个梦，我要抱吻你。

姐姐，我要跪在地上，伏在姐姐的胸前。姐姐啊，你的胸是何等可爱。我现在要跪在地上，但我所亲着的只是泥土。因为泥土已掩了你的胸。

姐姐，假使你在，你叫作什么都干。只要为了姐姐的快乐。但是现在，我什么都懒干，因为姐姐已不知快乐。

姐姐啊，让我称呼你十万声，等到这名词于我生厌，那时我会忘了姐姐，那时我便会好好儿生活。姐姐，亲爱的姐姐，姊姊呢。

我爱写这姊字。因为姐字你不熟习。

照理，姊姊爱我应当不比你自己的弟弟好。因为你们相处了二十年，而和我仅十年，况且总共见面的日期不到半年。但是姊姊爱的是我。

姊姊，现在我右手有一个伤疤。但是我并不以为难看，因为这是纪念我的姊姊。我在我的肉上刻我姊姊的纪念。

我是爱姊姊的，但没有人知道我爱你——现在有人知道些了——姊姊，假如你在，我要对任何人说我爱你。

四月八日五时

姊姊，你的名字是护卫我的护身符，帮我辟除阴恶不吉的念头。念着姊姊的名，我觉得幸福。姊姊啊，我还不曾称呼你到一万声，我便心轻了许多了。姊姊，刚才我出去，我向着田野跑。天空原是一片阴沉，但走了几步之后，便有一抹的斜阳照着我的脸。在途上，我遇见女人，并没有作不良之念，这是姊姊的祝福，我想。我安慰了。姊姊，帮助我，使我坚强。……

姊姊啊，三十过后是老年，则你在三十死去，正得其时。以前我自私，希望我在六十死去。但是我希望你死在我的前面，因为我爱你。现在，我的希望满足了，你死在我的前面。

姊姊啊，你在我的眼中永远是年轻。姊姊的脸是永远那样美。姊姊，假使你活到老，也许我们相对无欢的。

姊姊，我可惜的是，我不认识你姑娘的时代。那时应当更美。姊姊，我真懊悔。我怎地忽略你在三十岁那几个年头。啊，姊姊你是永远年轻的。

姊姊，我们是多可笑，我们屡次谈到离婚。我是太爱你了。

所以要离婚。姊姊，你知不知道弟弟是怎样想。我要名义上和你离婚，给你完全自由，而我仍然忠诚，每年按时来拜望你，伏在姊姊的胸前。但是现在，岂又比离婚好得多。弟弟永远是爱你的。

姊姊，我在你面前的撒娇，在别人前装得出么！我不知道。

姊姊，因为你是姊姊啊，所以我爱你。姊姊应当爱护弟弟的。

八日五时半

姊姊！许多事想起真苦痛。姊姊，你没有因为我，在早晨多留片刻。说是给别人笑话。姊姊，你身体多病，你每每贪一刻的睡眠，但是又不容你贪眠。我呢，我愿意姊姊多给我一分钟，而姊姊复迅速起身了。想起这些，我难过了。

姊姊啊，在我的眼睛里，你是聪明而又能干。姊姊会措辞而我拙讷，姊姊懂事而我不谙世故。姊姊，你是我的右手。我失却了扶持了。

姊姊，你看我多爱你。想着我曾经有你这样的姐姐，我便微笑。在街上，我看到许多女人，我心里也起些不端之念。但想起姊姊来，好像一片光明笼罩住我，我便肃然了。姊姊啊，我的姊姊，我没有言语说出我对你的爱，我只能轻轻地唤你的名字。

姊姊，昨天我到市中心去玩，那儿有很好的马路，很好的花园，清爽的空气，明亮的阳光，也有整洁的房子。姊姊，以前我曾想，假使和你一起住在这文静的地方，我们可以尽情戏谑，尽情地乐。我们眼看我们的孩子长大，我们是多幸福。姊姊啊，别人说你没有福气，我却是说我没有福气。这样好的姊姊，是不配给我的。亲爱的姊姊啊，你知道我是如何的伤痛，我没有一天不想起你。以前和我好的朋友，连父母我都撇开了，我只记念着姊姊。姊姊啊，你是我的灵魂，我的生命哪。

我在公园里，看到一个女子和她的孩子在散步，在玩。我想到你。本来，我们也是幸福。我们的幸福超过别人的，因为姊姊是纯洁高尚，而我也是纯洁高尚的。姊姊啊，我发现我自己的优点。姊姊是镜，我在姊姊的镜中，才照见我自己纯洁的灵魂。姊姊啊，我称你一万声都不够。

去年，秋末冬初，我惯在××路徘徊散步，我望着贫民窟的家庭。我羡慕他们。只要姊姊在，我们住在破烂的房子里也是幸福的。姊姊是灯，姊姊是光明。姊姊的存在，照明我的黑暗。在姊姊的面前，我是快乐的。

姊姊，明天是四月初一了。今天我和你知道的那位姓陈的女的一同去散步，散到乡间，一路都很臭。我看到了小豆花，小豆应当结子了。姊姊，我想起这时候，我偷闲借着借口回家来望你。只有三天。姊姊，我现在只记得你的一句话和你的眼泪。姊姊说："我知道你的心是好的。"但是姊姊哭了。我心里多难过。想不到那是姐最后的眼泪。姊姊啊，当然我的心是好的。不好怎么恋着你。我知道我是纯洁的，正直的，但是我不幸。我丧失了你了。

姊姊啊，想起我们结婚之夕。我是多么的不懂事。姊姊，我心惊了，我望着姊说不说出话。但是这因为与女性初次的接触。那时我没有爱你，我在唇边还呼着别人的名字哩。姊姊，我懊悔了。十年来，我错过了幸福。我们把青春在无知中度过了，姊姊，我多懊悔。

但得姊姊在，我便怎样磨折也甘心。姊姊啊！我可以跪在你的前面，我听你的吩咐。但姊姊口中不会有为难的事嘱咐我做的。我的大姊，我的表姊啊，我要怎样说明我爱你。

姊姊，想起别人的侮辱，都是我的罪孽。姊姊不生孩子，只有我与姊姊两人是明白的。这可以对别人说，对别人辩明吗？假使我们结婚后就生孩子，孩子应当是十多岁了。姊姊，我没有对你忏悔我的罪，等待姊要有一个儿子时，我算应了你的要求，但是姊姊又懊悔了。这未来的孩子的赘累，说是害你不得自由啊。姊姊，这几桩事，我都没有懊悔。假使姊留下一个初生的孩子给我，那叫我怎样办呢。

姊姊，我把幼年的时候细细想起了。我想起八岁和十几岁的时候。但是这些记忆在十四岁的年龄便断了。姊姊的十五六岁时是怎样的？我懊悔那时不认识姊姊。亲爱的姊姊，怎么你在我是这般生疏！

我想到姊姊看了孩子的欢乐，我也欢乐。姊姊不担心孩子的将来，好似有把握似的，而我不然。姊姊不能再活过来，真是可惜的事。姊姊此时只有一堆骨头了。倘使把它们裹在荷叶里，使它重生，我多欢喜啊。

死后没有灵魂，真是悲哀不过了。这样，姊姊是没有了。我亲爱的姊姊会化成没有。叫我怎样安慰我自己呢。

姊姊，再最后一次见姊姊的时候，是在四月间。快一整年了。听到姊姊死去的消息是在七月间。姊姊这两节期在我是多悲痛。

姊姊不吻我的脸。姊姊是□的。姊姊没有对我作什么要求。姊姊是太爱我了。今晚我从×××回来，好像受了委屈。姊姊，我对谁诉说我的委曲。姊姊安慰我，姊姊知道我的好处和缺点。好处该颂扬，而缺点能原谅的。

姊姊，我想了一件事情，我要买几瓶好酒，放在人不知的地方。我每晚临睡时偷喝个醉。这样，我可以忘却痛苦。但我又怕弄（坏）了身子，因为我的身体还有用。

喝酒也是纪念姊姊。因为姊也爱喝一杯两杯的。以前，我不欢喜姊喝酒，喝了酒，脸红红，眼一斜一斜的。姊给我酒喝我都不喝。我不知道为什么原因不高兴姊喝酒。大概因为女人喝酒会不规矩的。

我变得笨了，见人讷讷说不出口。姊姊是聪明的。姊姊会说话。我爱姊姊聪明的话。

我时常有许多幻想，幸福的幻想。

去年，我在杭州的时候，我预备在今年春天，我和你住在湖社里。那里房租不贵，菜也便宜，空气也好，附近有小学，孩子可读书。我和姊姊一起，天天玩。我们在白天接吻。我们同坐在小船里手牵着手。我要在人前夸耀我爱我的妻。

近来我校阅了好几篇牢狱生活的文章，我倒想坐坐牢狱的。我倒尽情愿挨鞭受苦，因为我的心里是太苦了。肉体的苦痛，有时会分轻心的苦痛的。但是我不能坐牢狱，我必得在别人的面前装着坚强镇定的样子，其实我的心早就病了。

姊姊，今早我醒来时，好像姊站在我的身边，肥了一点。姊说些什么我忘了。我伸手抱你，却又没有了。

姊姊，昨天我看了电影，我为了欢乐而流泪了。

红　豆

陆蠡

这是爱的象征，幸福的象征，诗里面所歌咏的，书里面所写的。

听说我要结婚了，南方的朋友寄给我一颗红豆。

当这小小的包裹寄到的时候，已是婚后的第三天。宾客们，回去的回去，走的走，散的散，留下来的，也懒得闹，躺在椅子上喝茶嗑瓜子。

一切都恢复了往日的冲和。

新娘温娴而知礼的，坐在房中没有出来。

我收到这包裹，我急忙地把它拆开。里面是一只小木盒，木盒里衬着丝绢，丝绢上放着一颗莹晶可爱的红豆。

“啊！别致！”我惊异地喊起来。

这是K君寄来的，和他好久不见面了。和这邮包一起的，还有他短短的信，说些是祝福的话。

我赏玩着这颗红豆。这是很美丽的。全部都有可喜的红色，长成很匀整细巧的心脏形，尖端微微偏左，不太尖，也不太圆；另一端，有一条白的小眼睛，这是豆的胚珠在长大时连系在豆荚上的所在。因为有了这标识，这豆才有异于红的宝石或红的玛瑙，而成为蕴藏着生命的酵素的有机体了。

我把这颗豆递给新娘。她正在卸去早晨穿的盛服，换上了浅蓝色的外衫。

我告诉她，这是一位远地的朋友寄来的红豆，这是祝我们快乐，祝我们如意，祝我们吉祥。

她相信我的话，但眼中不相信这颗豆为何有这么多的涵义。她在细细地反复检视着，洁白的手摩挲这小小的豆。

“这不像蚕豆，也不像扁豆，倒有几分像枇杷核子。”

我怅然，这颗豆在她的手里便失去了许多身份。

于是，我又告诉她，这是爱的象征，幸福的象征，诗里面所歌咏的，书里面所写的。这是不易得的东西。

她没有回答。显然，这对她是难懂，只干涩地问：“这吃得么？”

“既然是豆，当然吃得。”我随口回答。

晚上，我亲自到厨房里用喜筵留下来的最名贵的佐料，将这颗红豆制成一小碟羹汤，亲自拿到新房中来。

新娘茫然不解我为何这样殷勤，友爱的眼光落在我的脸上，嘴唇微微一噘。

我请她先喝一口这亲制的羹汤。她饮了一匙，皱皱眉头不说话。我拿过来尝一尝。这味，辛而涩的，好像生吃的杏仁。

我想起一句古老的话，呵呵大笑地倒在床上。

窗　帘

陆蠡

丝般的头发在腮边擦过，感到绒样的温柔。各人在避开各人的眼光，怕烛火映得双颊更红罢。

回家数天了，妻已不再做无谓的腼腆。在豆似的灯光下，我们是相熟了。

金漆的床前，垂着褪黄的绸帐。这帐曾证明我们结婚是有年了。灯是在帐里的。在外面看来，我们是两个黑黑的影。

“拉上窗帘吧。”妻说。

“怕谁，今晚又不是洞房。”

“但是我们还是初相识。”

“让我们行合卺的交拜礼吧。”

“燃上红烛呢。”

“换上新装呢。”

我们都笑了。真的。当我燃起红烛来说，“今后我们便永远地相爱吧”，心里便震颤起来。

丝般的头发在腮边擦过，感到绒样的温柔。各人在避开各人的眼光，怕烛火映得双颊更红罢。

“弟弟，我真的欢喜。”

“让我倚在你的胸前吧。”

“顽皮呢，孩子。”

“今后，我不去了。”

“去吧，做事，在年轻的时候。”

“刚相熟便分手了。”

“去了也落得安静。”

我在辨味这高洁的欢愉。红烛结了灯花。帐里是一片和平、谧穆。

窗帘并未拉上。

一九三三年

春　野

陆蠡

你也在望着我的眼睛，但它们是鲁钝、板滞、朦胧。

“我便爱你这板滞和朦胧啊！”

感谢你给我的幸福。

江风吹过寂寞的春野。

是余寒未消的孟春之月。

本来，

我们不是牵上双手么?

沿着没有路径的江边走去，目送着足畔的浪花，小蟹从石缝中出来，见人复迅速逃避。

畦间的菜花正开。

走到这古废的江台前面，我们回来，互相握紧着双手。

江风吹过葱茏的春野。

是微燠的仲春之月。

本来，

我们不是靠坐在一起，在这倾斜的坡前?

我们是无言，我们拈拨着地上的花草：紫花地丁，蒲公英，莎草，车前。

当我看见了白花的地丁而惊异地，算是一种

空前的发现时，你笑我，因为你随手便抓来几朵了。

这并不是稀珍的品种。

将窃衣的果实散在你的头发上，像吸血的牛蝇粘住拉不松去。

你懊怒了。

用莎草的细梗，在地面的小圆洞洞里，钓出一条大的肥白的虫来，会使你吓一大跳。我原是野孩子出身啊！

薄公英的白浆，在你的指上变黑了。

江风吹着苍郁的春野。

春已暮。

本来，

我们不是并肩立在一起，遥数着不知名的冢上的纸幡？

纸钱的灰在风中飞舞。过了清明了。

在林中的一角，我们说过相爱的话。

不，我们只不过说过互相喜悦的话罢了。

你的平洁的额际的明眸，令人想起高的天和深的湖水。我在你的瞳睛中照见我自己的脸，我爱你的眸子啊！

你也在望着我的眼睛，但它们是鲁钝、板滞、朦胧。

“我便爱你这板滞和朦胧啊！”

感谢你给我的幸福。

江风吹过寥落的春野。

过了一年，两年，十年，我们都分散了。

也许我们遇见竟不会相识。

现在，

只有我一人踏过这熟识的春野。

我知道这郊野的每一个方角。且喜这山间没有伸进都市的触角来呢。那边是石桥，一块石板已塌到水里去了。那边有一株树，表皮上刻着我不欢喜的而你也不欢喜的字，随着树皮拉长开来，怪难看的——因此，我恨削铅笔的小刀，到现在我都没有买过一把——目前也许拉得更长了。还有被我们烧野火时燔毁了的石条，缝中长出了荆棘罢。

雨后润湿的地土，留下我的脚印。印在这地土上的，只有我的孤单的脚印。

豌豆的花正开。

脸上扑过不知名的带着绒毛的花的种子。

高的天和深的湖水，令我想起你的眼睛来呢。

我仍是赍负着这板滞的朦胧的眼睛。红丝笼上了它们的巩膜。不久，我会失去这朦胧的眼睛，随着我的所有。

我会忧郁么？不，既然你是幸福。

我不过偶然来这郊原罢了。

一九三五年

笑

许地山

“到底是兰花的香，还是你的香？让我闻一闻。”她说话时，亲了我一下。

我从远地冒着雨回来。因为我妻子心爱的一样东西让我找着了，我得带回来给她。

一进门，小丫头为我收下雨具，老妈子也借故出去了。我对妻子说：“相离好几天，你闷得慌吗？……呀，香得很！这是从哪里来的？”

“窗棂下不是有一盆素兰吗？”

我回头看，几箭兰花在一个汝窑钵上开着。我说：“这盆花多会移进来的？这么大雨天，还能开得那么好，真是难得啊！……可是我总不信那些花有如此的香气。”

我们并肩坐在一张紫檀榻上。我还往下问：“良人，到底是兰花的香，还是你的香？”

“到底是兰花的香，还是你的香？让我闻一闻。”她说话时，亲了我一下。小丫头看见了，掩着嘴笑，翻身揭开帘子，要往外走。

“玉耀，玉耀，回来。”小丫头不敢不回来，但，仍然抿着嘴笑。

“你笑什么？”

“我没有笑什么。”

我为她们排解说：“你明知道她笑什么，又何必问她呢？饶了她吧。”

妻子对小丫头说：“不许到外头瞎说。去吧，到园里给我摘些瑞香来。”小丫头抿着嘴出去了。

（原载1922年4月《小说月报》第13卷第4号）

花香雾气中的梦

许地山

我们最愉快的时候，岂不是在接吻后，彼此的凝视吗？

在覆茅涂泥的山居里，那阻不住的花香和雾气从疏帘窜进来，直扑到一对梦人身上。妻子把丈夫摇醒，说："快起吧，我们的被褥快湿透了。怪不得我总觉得冷，原来太阳被囚在浓雾的监狱里不能出来。"

那梦中的男子，心里自有他的温暖，身外的冷与不冷他毫不介意。他没有睁开眼睛便说："嗳呀，好香！许是你桌上的素馨露洒了吧？"

"哪里？你还在梦中哪。你且睁眼看帘外的光景。"

他果然揉了眼睛，拥着被坐起来，对妻子说："怪不得我净梦见一群女子在微雨中游戏。若是你不叫醒我，我还要往下梦哪。"

妻子也拥着她的绒被坐起来说："我也有梦。"

"快说给我听。"

"我梦见把你丢了。我自己一人在这山中遍处找寻你，怎么也找不着。我越过山后，只见一个美丽的女郎挽着一篮珠子向各树的花叶上头乱撒。我上前去向她问你的下落，她笑着问我：‘他是谁，找他干什么？’我当然回答，他是我的丈夫。”

“原来你在梦中也记得他！”他笑着说这话，那双眼睛还显出很滑稽的样子。

妻子不喜欢了。她转过脸背着丈夫说：“你说什么话！你老是要挑剔人家的话语，我不往下说了。”

她推开绒被，随即呼唤丫头预备脸水。

丈夫速把她揪住，央求说：“好人，我再不敢了。你往下说吧。以后若再饶舌，情愿挨罚。”

“谁稀罕罚你？”妻子把这次的和平画押了。她往下说：“那女人对我说，你在山前柚花林里藏着。我那时又像把你忘了……”

“哦，你又……不，我应许过不再说什么的，不然，我就要挨罚了。你到底找着我没有？”

“我没有向前走，只站在一边看她撒珠子。说来也很奇怪：那些珠子粘在各花叶上都变成五彩的零露，连我的身体也沾满了。我忍不住，就问那女郎。女郎说：‘东西还是一样，没有变化，因为你的心思前后不同，所以觉得变了。你认为珠子，是在我撒手之前，因为你想我这篮子绝不能盛得露水。你认为露珠时，在我撒手之后，因为你想那些花叶不能留住珠子。我告诉你：你所认的，不在东西，乃在使用东西的人和时间；你所爱的，不在体质，乃在体质所表的情。你怎样爱月呢？是爱那悬在空中已经老死的暗球吗？你怎样爱雪呢？是爱它那种砭人肌骨的凛冽么？’”

“她说到雪，我打了一个寒噤，便醒起来了。”

丈夫说："到底没有找着我。"

妻子一把抓住他的头发，笑说："这不是找着了吗？……我说，这梦怎样？"

"凡你所梦都是好的。那女郎的话也是不错。我们最愉快的时候，岂不是在接吻后，彼此的凝视吗？"他向妻子痴笑。妻子把绒被拿起来，盖在他头上，说："恶鬼！这会可不让你有第二次的凝视了。"

（原载1922年5月《小说月报》第13卷第5号）

醍醐天女

许地山

她也很得意地说："权当我为乐斯迷吧！"

自那时以后，父亲常叫她作乐斯迷。

相传，乐斯迷是从醍醐海升起来的。她是爱神的母亲，是保护世间的大神卫世奴的妻子。印度人一谈到她，便发出非常的钦赞。她的化身依婆罗门人的想象，是不可用算数语言表出的。人想，她的存在，是遍一切处，遍一切时；然而，我生在世间的年纪也不算少了，怎样老见不着她的影儿？我在印度洋上曾将这个疑问向一两个印度朋友说过。他们都笑我没有智慧，在这有情世间活着，还不能辨出人和神的性格来。准陀罗是和我同舟的人。当时，他也没有对我说什么，只管凝神向着天际那现吉祥相的海云。

那晚上，他叫我和他到舵上的轮机旁边。我们的眼睛都往下看着推进机激成的白浪。

准陀罗说："那么大的洋海，只有这几尺地方，像醍醐海的颜色。"

这话又触动我对于乐斯迷的疑问。他本是很喜欢讲故事的，所以我就央求他说一点乐斯迷的故事给我听。

他对着苍茫的洋海，很高兴地发言：“这是我自己的母亲！”在很庄严的言语中，又显出他有资格做个女神的儿子。我倒诧异起来了。

他说：“你很以为稀奇吗？我给你解释吧。”

我静坐着，听这位自以为乐斯迷儿子的朋友，说他父母的故事。

我的家，在旁遮普和迦湿弥罗交界的地方。那里有很畅茂的森林。我母亲自十三岁就嫁了。那时我父亲不过是十四岁。她每天要同我父亲跑入森林里去，因为她喜欢那些参天的树木，和不羁的野鸟和昆虫的歌舞。他们实在是那森林的心。他们常进去玩，所以树林里的禽兽都和他们很熟悉。鹦鹉衔着果子要吃，一见他们来，立刻放下，发出和悦的声，问他们好。孔雀也是如此，常在林中展开它们的尾扇，欢迎他们。小鹿和大象，有时嚼着食品，走近跟前，让他们抚摸。

树林里的路，多半是我父母开的。他们喜欢做开辟道路的人。每逢一条旧路走熟了，他们就想把路边的藤萝荆棘扫除掉，另开一条新路进去。在没有路或不是路的树林里走着，本是非常危险的。他们冒的险多，危险真个叫他们遇着了。

我父亲拿着木棍，一面拨，一面往前走；母亲也在后头跟着。他们从一颗满了气根的榕树底下穿过去。乱草中流出一条小溪，水浅而清，可是很急。父亲喊着，“看看！”他扶着木棍对母亲说：“真想不到这里头有这么清的流水，我们坐一会玩玩。”于是，他们二人摘了两扇棕榈叶，铺在水边，坐下，四只脚插入水中，任那活流洗濯。

父亲是一时也静不得的。他在不言中，涉过小溪，试要探那边的新地。母亲是女人，比较起来，总软弱一点。有时，父亲往前走了很远，她还在歇着，喘不过气来。所以父亲在前头走得多么远，她总不介意。她在叶上坐了许久，只等父亲回来叫她。但天色越来越晚，总不见他来。

催夕阳西下的鸟歌、兽吼，一阵阵地兴起了。母亲慌慌张张涉过水去找父亲。她从藤萝的断处，从莽的倾倒处，或林樾的婆娑处找寻。在万绿底下，黑暗格外来得快。这时，只剩下几点萤火和叶外的霞光，照顾着这位森林的女人。她的身体虽然弱，她的胆却是壮的。她一见父亲倒在地上，凝血聚在身边，立即走过去。她见父亲的脚还在流血，急解下自己的外衣在他腿上紧紧地绞。血果然止住，但父亲已在死的门外候着了。

母亲这时虽然无力，也得驮着父亲走。她以为躺在这用虎豹做看护的森林病床上，倒不如早些离开为妙。在一所没有路的新地，想要安易地回到家里，虽不致如煮沙成饭那么难，可也不容易。母亲好容易把父亲驮过小溪，但找来找去，总找不着原路。她知道在急忙中走错了道，就住步四围张望，在无意间，把父亲撂在地上，自己来回地找路。她心越乱，路越迷，怎样也找不着。回到父亲身边，夜幕已渐次落下来了！她想，无论如何，不能在林里过夜，总得把父亲驮出来。

不幸，这次她的力量完全丢了，怎么也举不起父亲，这叫她进退两难了。守着呢？丈夫的伤势像很沉重，夜来若再遇见毒蛇猛兽，那就同归于尽了。走呢？自己一个又忍不得离开。绞尽脑髓，终不能想出何等妙计。最后，她决定自己一个人找路出来。她摘了好些叶子，折了好些小树枝，把父亲遮盖着。用了一刻工夫，居然堆成一丛小林。她手里另抱着许多合欢叶，走几步就放下一枝，有时插在别的树叶上，有时结在草上，有时塞在树皮里，为要做回来的路标。她走了约有五六百步，一弯新月正压眉梢，距离不远，已隐约可以看见些树屋。

她出了林，往有房屋的地方走。可惜这不是我们的村，也不是邻舍；是树林别一方面的树庄，我母亲不曾到过的。那时，已经八九点了。村人怕野兽，早都关了门。她拍手求救，总不见有慷慨出来帮助的。她跑到村后，挨那篱笆向里瞻望。

那一家的篱笆里，在淡月中，可以看见两三个男子，坐在树下吸烟、闲谈。

母亲合着掌从篱外伸进去，求他们说："诸位好邻人，赶快帮助我到树林里扶我丈夫出来吧。"

男子们听见篱外发出哀求的声，不由地走近看看。

母亲接着央求他们说："我丈夫在树林里，负伤很重，你们能帮助我进去把他扶出来么？"

内中有个多髭的人问母亲说："天色这么晚，你怎么知道你丈夫在树林里？"

母亲回答说："我是从树林出来的。我和他一同进去，他在中途负伤。"

几个男子好像审案一般，这个一言，那个一语，只顾盘问。有一个说："既然你和他一同进去，为什么不会扶他出来？"有一个说："你看她连外衣也没穿，哪里像是出去玩的样子！想是在林中另有别的事吧。"又有一个说："女人的话信不得，她不晓得是个什么人。哪有一个女人，昏夜从树林跑出的道理？”

在昏夜中，女人的话有时很有力量，有时，她的声音直像向没有空气的地方发出，人家总不理会。我母亲，用尽一个善女人所能说的话对他们解释，怎奈那班心硬的男子们都觉得她在那里饶舌。她最好的方法，只有离开那里。

她心中惦念林中的父亲，说话本有几分恍惚，再加上那几个男子的抢白，更是羞急万分。她实在不认得道回家，纵然认得，也未必敢走。左右思量，还是回到树林里去。

在向着树林的归途中，朝霞已从后面照着她了。她在一个道途不熟的黑夜里，移步固然很慢，而废路又走了不少，绕了几个弯，有时还回到原处。这一夜的步行，足够疲乏了。她踱到人家一所菜圃，那里有一张空凳子，她顾不得什么，只管坐下。

不一会，出来一个七八岁的孩子，定睛看着她，好像很诧异似的。母亲知道他是这里的小主人，就很恭敬地对他说明。孩子的心，比那班男子好多了。他对母亲说：“我背着我妈同你去吧。我们家里有一匹白母牛，天天我们要从它榨出些奶子，现在我正要牵它出来。你候一候吧，我叫它让你骑着走，因为你乏了。”孩子牵牛出来，也不榨奶，只让母亲骑着，在朝阳下，随着路标走入林中。

母亲在牛背上，眼看快到父亲身边了。昨夜所堆的叶子，一叶也没剩下。精神慌张的人，连大象站在旁边，也不理会，真奇怪呀！她起先很害怕，以为父亲的身体也同叶子一同消灭了。后来，看见那只和他们很要好的象正在咀嚼夜间她所预备的叶子，心才安然一些。

下了牛背，孩子扶她到父亲安卧的地方，但是人已不在了。这一吓，非同小可，简直把她苦得欲死不得。孩子的眼快一点，心地又很安宁，父亲一下子就让他找到了。他指着那边树根上那人说：“那个是不是？”母亲一看，速速地扶着他走过去。

母亲喜出望外，问说：“你什么时候醒过来的？怎么看见我们来了，也不作一声？”

父亲没有回答她的话，只说：“我渴得很。”

孩子抢着说：“挤些奶子他喝。”他摘一片光面的叶子到母牛腹下挤了些来给父亲喝。

父亲的精神渐次恢复了，对母亲说：“我是被大象摇醒的。醒来不见你，只见它在旁边吃叶子。为何这里有那么些叶子，是你预备的吧？我记得昨天受伤的地方不是这里。”

母亲把情形告诉他，又问他为何伤得那么厉害。他说是无意中触着毒刺，折入胫里，他一拔出来，血就随着流，不忍叫母亲知道，打算自己治好再出来。谁知，越治血流得越多，至于晕过去，醒来才知道，替他止血的还是母亲。

父亲知道白母牛是孩子的，就对他说了些感谢的话，也感激母亲说：“若不是你去带这匹母牛来，恐怕今早我也起不来。”

母亲很诚恳地回答：“溪水也可以喝的，早知道你要醒过来，我当然不忍离开你。真对不住你了。”

“谁是先知呢？刚才给我喝的奶子，实在胜过天上醍醐，多亏你替我找来！”父亲说时，挺着身子想要起来，可是他的气力很弱，动弹得不大灵敏。母亲向孩子借了母牛让父亲骑着。于是孩子先告辞回去了。

父亲赞美她的忠心，说她比醍醐海出来的乐斯迷更好，母亲那时也觉得前一晚上备受苦辱，该得父亲的赞美的。她也很得意地说：“权当我为乐斯迷吧！”

自那时以后，父亲常叫她作乐斯迷。

（原载1923年《小说月报》第14卷第11号）

别　话

许地山

我再说一句，无论如何，我永久爱你。

素辉病得很重，离她停息的时候不过是十二个时辰了。她丈夫坐在一边，一手支颐，一手把着病人的手臂，宁静而恳挚的眼光都注在他妻子的面上。

黄昏的微光一分一分地消失，幸而房里都是白的东西，眼睛不至于失了它们的辨别力。屋里的静默，早已充满了死的气色；看护妇又不进来，她的脚步声只在门外轻轻地踱过去，好像告诉屋里的人说："生命的步履不往这里来，离这里渐次远了。"

强烈的电光忽然从玻璃泡里的金丝发出来。光的浪把那病人的眼睑冲开。丈夫见她这样，就回复他的希望，恳挚地说："你——你醒过来了！"

素辉好像没听见这话，眼望着他，只说别的。她说："嗳，珠儿的父亲，在这时候，你为什么不带她来见见我？"

“明天带她来。”

屋里又沉默了许久。

“珠儿的父亲哪，因为我身体软弱、多病的缘故，叫你牺牲许多光阴来看顾我，还阻碍你许多比服侍我更要紧的事。我实在对你不起。我的身体实不容我……”

“不要紧的，服侍你也是我应当做的事。”

她笑，但白的被窝中所显出来的笑容并不是欢乐的标识。她说：“我很对不住你，因为我不曾为我们生下一个男儿。”

“哪里的话！女孩子更好。我爱女的。”

凄凉中的喜悦把素辉身中预备要走的魂拥回来。她的精神似乎比前强些，一听丈夫那么说，就接着道：“女的本不足爱：你看许多人——连你——为女人惹下多少烦恼！……不过是——人要懂得怎样爱女人，才能懂得怎样爱智慧。不会爱或拒绝爱女人的，纵然他没有烦恼，他是万灵中最愚蠢的人。珠儿的父亲，珠儿的父亲哪，你佩服这话么？”

这时，就是我们——旁边的人——也不能为珠儿的父亲想出一句答辞。

“我离开你以后，切不要因为我，就一辈子过那鳏夫的生活。你必要为我的缘故，依我方才的话爱别的女人。”她说到这里，把那只几乎动不得的右手举起来，向枕边摸索。

“你要什么？我替你找。”

“戒指。”

丈夫把她的手扶下来，轻轻在她枕边摸出一只玉戒指来递给她。

"珠儿的父亲，这戒指虽不是我们订婚用的，却是你给我的；你可以存起来，以后再给珠儿的母亲，表明我和她的连属。除此以外，不要把我的东西给她，恐怕你要当她是我；不要把我们的旧话说给她听，恐怕她要因你的话就生出差别心，说你爱死的妇人甚于爱生的妻子。"她把戒指轻轻地套在丈夫左手的无名指上。丈夫随着扶她的手与他的唇边略一接触。妻子对于这番厚意，只用微微睁开的眼睛看着他。除掉这样的回报，她实在不能表现什么。

丈夫说："我应当为你做的事，都对你说过了。我再说一句，无论如何，我永久爱你。"

"咦，再过几时，你就要把我的尸体扔在荒野中了！虽然我不常住在我的身体内，可是人一离开，再等到什么时候，在什么地方才能互通我们恋爱的消息呢？若说我们将要住在天堂的话，我想我也永无再遇见你的日子，因为我们的天堂不一样。你所要住的，必不是我现在要去的。何况我还不配住在天堂？我虽不信你的神，我可信你所信的真理。纵然真理有能力，也不为我们这小小的缘故就永远把我们结在一块。珍重吧，不要爱我于离别之后。"

丈夫既不能说什么话，屋里只可让死的静寂占有了。楼底下恍惚敲了七下自鸣钟。他为尊重医院的规则，就立起来，握着素辉的手说："我的命，再见吧，七点钟了。"

"你不要走，我还和你谈话。"

"明天我早一点来，你累了，歇歇吧。"

"你总不听我的话。"她把眼睛闭了，显出很不愿意的样子。丈夫无奈，又停住片时，但她实在累了，只管躺着，也没有什么话说。

丈夫轻轻蹑出去。一到楼口，那脚步又退后走，不肯下去。他又蹑回来，悄悄到素辉床边，见她显着昏睡的形态，枯涩的泪点滴不下来，只挂在眼睑之间。

（原载1922年8月《小说月报》第13卷第8号）

爱的隔膜

柔石

“定一个约好么？假如谁先讲给谁听流泪的话，谁要向谁磕头，好么？”

“好的，此刻还是我对你先磕十个罢！”

“我定明日上午同朋友到W村去一趟，C君说，必使我看丁一面。五时就回来，你允许么？”

“你和朋友，总谈看这个看那个的事，怪不得有这许多天好谈。空空的又要到W村去，来回三十里，何苦呢？你自己说，身体太疲倦。而且将来一定会熟识的，何必呢？”

“将来的她，和现在的她，完全不同。结过婚，一个人就没有意思了。”

“你的心总在这些地方用，正经的事，早晨对你讲过，偏忘记了！人家说你规矩，不知你规矩的心肠，竟是这么！”

“什么是规矩啊？规矩是呆木的解说么？爱‘美’就不规矩了么？我绝无别的坏心肠，不过，人们赞你为天使和仙女，究竟是怎样的容貌，我总愿一睹为慰。因为在我眼珠里走过的人，和我脑中所想象的人的美，总相差太远了。她，更和你是姊妹的关系，常同床一头儿睡的，不知你的清福，到底如何！明天，不过说笑罢了，不能去的——家中的事虽用不到我，总不好远离。不过，我总想快快地见一见她。”

“你今夜去见也好，说不到明天不能远离！你总有你的道理，和你心意所关注的一点！我横是学着做个呆子就是了！”

“你说出这话来，十二分使我不安！你还疑我不坦白么？假如你以为不应当，就不去好了，何必看作这样重大？回过你的脸儿来，你万不可有别的心思加上我，使我对你所说的话，要用一番思考或秘密。……给我臂儿。”

“不要这样。秘密不秘密我统统知道了！你不对我讲也好，横直好……你去对别人讲好了，讲的人也有。”

“你竟这么生气么？——天呀！你为什么不在一点钟前给我哑了嘴，或者轻些，给我脑子麻木一下，使我想不到这些话！我今晚没有饮过酒，我的神经思潮为什么这样激荡呢？N妹！我求你无论如何要消散了你的一些不安气。吻一吻罢，我求你……”

“你不用这样！有可爱的人，你真不应该回来得这么早！早晨你是不是说过么？——我真回来得太早了，这样糊涂地过去。——可惜我当时没有回答你，你自然在外边过得不糊涂！”

“你真疑我在外不正么？你连这话都疑作我有恋外心而发的证据么？N妹呀！你太冤枉我了！我虽和E通了几次信，原因早早告诉过你，而且现在确实断绝了。——我自然难于和她久通信！你还怀在心头么？假如我真真和她相恋了，我也不肯将通信的消息，完全明白地在你面前宣布。我纵是一个呆子，也总知道保守秘密是要紧的事。何况我更会瞻前顾后，了解世事和人情的呢？你万不可学一般女人之多想，你必须明白我此时之心的痛苦！”

“你的心的苦痛，何必要我明白，自然会有明白的人在，你可起来写信了！像我这样，何必明白，本来是同她讲了一夜，一句也不明白的人，只要一年几箩谷，几十元钱就够了，很容易设法的！你知道我听了这些话，是多少气！我想你平素待我倒还好，不料在外边竟会说出这种话！本想以后见了你一些也不理……不过，总是做不到。”

“N妹呀！这些话，你从何处讲起呀？”

“我先问你，你和她手挽手在西湖上游玩的事情，有没有？”

“哪个是她呀？和谁手挽手呀？连影子都不曾发现过，竟会造出事实来，天呀！我太被人冤枉了！”

“谁和你有仇？况且这些话都从你好朋友的口里，间接传到我的耳朵里，会谎么？假如我添上半句，烂掉我的舌！”

“我要掩了你的嘴。N妹，究竟是谁说的？丧失了他的灵魂！我也不愿赌咒，天在床上，地在床下，不过我实在心要惊破，何时，我和谁牵着手，说出这种凭空自天降下的话！N妹呀！我的心神完全被你掷在深渊里，我周身冷而且战，水要淹溺死我了，你提救一提救罢！”

“安静些，说过也没什么，没说过也没什么，你又何必这样！不要……帕儿拿去罢。”

“你给我揩了，这泪珠是你赠我的，还需你来收还。——究竟这话你从哪里得来的？这样无稽！”

“别人会完全撒谎么？总是你自己不好。”

“我也记不清。不过几箩谷的话，就说过，也对现在一般妇女的可怜而发的。因为做现代中国的旧妇女，太冤枉了！一些没有一个完全人的气象，只靠着丈夫一年几箩谷，几十元钱就够了，何等可怜！假如这话是指要脱离你而说的，那我的心死了！”

“你又来！以后只准好好地讲，不许说这种话！因为任凭怎样讲过，只要你心里明白就是了。不要乱动——你下半年同她到底如何？”

“完全没关系，好似从未认识的一样。”

“你的心情不是这样冷！”

“在路中偶遇着一回，她却回避，更从何处与她语？而且，我们当然以过去的朋友相待了！”

“你为什么将身子遭到这步消瘦？甚而病了回家？”

“你哪里明白我内心所蕴藏的一切！”

“还有，半年所赚的钱，非特一文没多，倒从家中汇去，并不见你买回什么东西，不过几本书而已，你能瞒过这些钱用在什么地方么？”

“我自己对自己也回答不出，不过绝没乱费一文钱在我所不应该用的地方！”

“我不明了你的话。——还有，你何苦要和C君说，将来只有二条路？”

“什么二条路？”

“一条——莫非说过又忘记了么？”

“我没有你这样好的记忆力，你告诉我。”

“想做和尚。……”

“还有一条呢？”

“还有一条呵？你自己想——宿娼纳妾，糊涂过一生世，到底什么意思，想出这种路来。我，其实随你，也当然有可去的地方，不过我想你何必如此！”

“哈哈，N妹，都是你误会了！说话实在非仔细不可！像这种话，也无非几个要好了的朋友，坐着一块，偶尔高兴了随便说出来的，毫没多大的意思含乎其中。竟有人传入你！不过，譬如你方才对我的态度，实在使我要想到和尚的路上去。一句平常的话，你就看作霹雳在你的头上响一般厉害，好像我已是一个堕落的恶徒，你真太冤枉而欺负我！我生了二十几年，对于过去一切行为，毫没有负人的一回事，何况于你！”

“同未出嫁的姑娘通信，是应该的么？”

“也并不不应该……好的，不应该罢！”

“我一切可随你，我绝不阻挠你心上所祈望将来想实行的事情。我也没能力好阻挠你！我更和你说，假如你有心爱的，的确好同她重结婚。你的父母不允许，我也代你设法。我知道你的人生不能安慰。而我呢，早已预备好了，而且J妹也这样说，假如C家不好，决定一同建筑一座小庵，清清净净地去……”

“不许再讲这话！因为你的话越讲越没道理！我想不到你心里存着对我的是这么一种颜色，你我心灵之城上，隔着这样辽阔的壕沟！不过，今夜绝不要再讲了，就讲，也不要讲类似这样的话！我并可选择很美的一夜，我愿意在团圞如镜的明月底下，将我心腑里一切所蕴藏的东西，一件件给你瞧了，如何？今夜，望勿再咀嚼这俩不安心的话。甜美的时光有多少？……还望你允许我这件事……”

“安安稳稳些，不要这样。我本来还有许多话，我当服从你的命令，别一夜再讲了。啊哟！钟岂不是敲一点了么？会这样快？没意思，没意思！将时光用来拭泪，真不应该！别一夜也不要再说，因为我已窥见了你心内的一切，还望你明白我心内一切就完了。以后，别再提起这种话。你在家里有多么久，总须过一个快快活活的日子为是。定一个约好么？假如谁先讲给谁听流泪的话，谁要向谁磕头，好么？”

“好的，此刻还是我对你先磕十个罢！”

“不好，今夜错在我。我太怪你了。因为早晨对你讲过的事，你竟忘记了，所以心里对你一句平常的话，也难过起来。时候太迟，不可再讲了，明天家里有事，还要起得早，好好睡罢。”

“我神经太兴奋，一些不要睡着，亲爱的，此时除了你的爱灌遍我的周身外，没一毛别的杂质混在，亲爱的！你……”

一九二四年一月十四日

别

柔石

“照时机算，今夜必得走了。”

“雨很大，有理由的，你听外面。”

他惺忪地坐在床上，向她微笑一笑：“我爱，‘小’雨很大罢？还有什么理由呢？”

夜未央；人声寥寂；深春的寒雨，雾一般纤细地落着。

隐约地在篱笆的后面，狗吠了二三声，好像远处有行人走过。狗的吠是凄怆的，在这蒙蒙的夜雨中，声音如罩在铜钟底下一样，传播不到前山后山而作悠扬响亮的回音。于是狗回到前面天井里来，狗似惶惶不安，好像职务刚开始，抖着全身淋湿的毛，蹲在一间房外的草堆中，“呜呜”地咽了两声。但接着，房内点上灯了，光闪烁地照着清凉的四壁，又从壁缝透到房外来，细雨如金丝地熠了几熠。

一位青年妇人，坐在一张旧大的床沿上，拿起床前桌上的一只钢表瞧了一瞧，愁着眉向床上正浓睡着的青年男子低声叫道：“醒来罢，醒来罢，你要赶不上轮船了。”

青年梦梦地翻了一身，女的又拨一拨他的眼皮，摇他身子：“醒来罢，醒来罢，你不想去了么？”

于是青年叫了一叫，含糊地问：“什么时候？”

“十一点四十五分，离半夜只差一刻。”

“那么还有一点钟好睡罢，我爱！”

“船岂不是七点钟开么？”

“是的，七十里路我只消六点钟走就够了。”

说着，似又睡去了。

“你也还该起来吃些东西。天下雨，泥路很滑，走不快的，该起来了。”

可是，一边看看她的丈夫又睡去了，于是她更拢近他的身，头俯在他的脸上：“那么延一天去罢，今晚不要动身罢！我也熄了灯睡了，坐着冷冷的。”

忽然，青年却昂起半身，抖擞精神，吻着她脸上说：“不能再延了，不能再延了！”

“今晚不要动身罢，再延一天罢。”

“不好，已经延了二次了。”

“还不过三次就是。”

“照时机算，今夜必得走了。”

“雨很大，有理由的，你听外面。”

他惺忪地坐在床上，向她微笑一笑：“我爱，‘小’雨很大罢？还有什么理由呢？”

这样，他就将他的衣服扣好，站在她的面前了。

“延一天去罢，我不愿你此刻走。”

她将她的头偎在他的臂膀上，眼泪涔涔地流出来了。

“放我走罢，我爱，我还会回来的。”一边，他吻着她的蓬蓬的乱发上。

“延一天去罢，延一天去罢，我求你！”

她竟将全个脸伏在他的胸膛上，小女孩一般撒娇着。

“放我走罢，我爱，明天的此刻还是要走的。方才不醒倒也便了，现在我已清醒，你已冻过一阵，还让我立刻就走罢！延一天，当他已延过一天——事实也延过二天了，所以明天此刻还是和此刻一样的，而且外边的事情待得紧，再不去，要被朋友们大骂了！放我走罢，我立刻要去了。”

“那么去禀过妈妈一声。”

青年妇人这才正经地走到壁边，收拾他的一只小皮箱，一边又说：“我希望你一到就有信来，以后也常常有信来。”

“一定的。”

“我知道你对面是殷诚，背后却殷诚到事务上去了。”

于是他向她笑了一笑，俩人同走出房外。

母亲没有起来，他也坚嘱母亲不要起来。母亲老了，又有病，所以也就没有起来，就在房内向房外站立着的他说——老的声音在沉寂的深夜中更见破碎——“吃饱些走，来得及的，不要走太快，路多滑，灯笼点亮些。到了那边，就要信来，你妻是时刻记念你的。要勤笔，不要如断了线的纸鸢一般。身体要保重，这无用我说了。你吃饭去罢。”

儿子站着，呆呆地听过了，似并没十分听进去。这时，妇人就提着灯去开了外门，她似要瞧瞧屋外的春雨，究竟落到怎样地步，但春雨粉一阵地吹到她脸上、身上，她打一寒战，手上的灯光摇了几摇。狗同时跑进来，摇摇它的尾，向青年妇人绕了一转，又对着青年“呜呜”地咽了两声，妇人的心实在忍不住，可是她却几次咽下她不愿她的丈夫即刻就离别的情绪。以后是渺茫的，夜一般渺茫，梦一般渺茫，但她却除出返身投进到夜与梦的渺茫里以外，没有别的羁留她丈夫的理由与方法了。

妻是无心地将冷饭烧热，在冷饭上和下两只鸡蛋。盛满整整一大碗，端在她丈夫的桌上。——桌下是卧着那只狗。

青年一边看表，一边吃得很快。他妻三四次说：“慢吃，来得及的。”可是青年笑着没有听受，不消五分钟，餐事就完毕了。

俩人又回到房内，房内显然是异样地凄凉冷寂，连灯光都更黯淡，更黯淡下来了。青年想挑一挑灯带，妇人说：“油将干了。”

“为什么不灌上一些呢？”

“你就走了，我就睡了。”

“那么我走罢。”青年伸一伸他的背，一边又说，“那么你睡罢。”

“等一息，送你去后。”

“你睡罢，你睡罢，门由我向外关上好了。”

他紧紧地将他的妻拥抱着，不住地在她颊上吻。一个却无力地默然倒在他怀内，眼角莹莹地上了泪珠。

“时常寄信我。”

“毋用记念。”

“早些回来。”

“我爱，总不能明天就回来的。”

一边又吻着她的手。

“假如明早趁不上轮船？”

“在埠头留一天。”

“恐怕已经要趁不上了！窗外的雨声似更大了！”

“那么只好在家里留一天？”

他微笑，她默然。

“你睡下罢，让我走。”

“你好去了，停一息我来关门。”

她的泪是滴下了。

“你睡下，我求你睡下。狗会守着门的。”

他吻着她的泪，一个慢慢地将泪拭去了：“你去好了！”

“你这样，我是去不了的。”

“我什么呢？我很快乐送你去。”

“不要你送，不要。你睡下，好好地睡下，你睡下后我还有话对你说。你再不睡下，我真的明天要在埠头留一天了。”

“那么我睡下，你去罢。”

妻掀开了棉被，将身蜷进被窝内。他伏在她的胸上，两手抱住她的头，许久，他说：“我去了。”

“你不是说还有话么？”妻又下意识地想勾留他一下说。

“是呀，最后的一个约还没有订好。”

“什么呢？”

他脸对她脸问：“万一我这次一去了不回来，你怎样？”

“随你的良心罢！你要丢掉一个爱一个，我有什么法子呢！”

“不是这个意思，我是问你你要怎样，我绝不会爱第二个人的，你还不明了我的心么？可是在外边，死的机会比家里多，万一我在外边忽然死了，你将怎样？”

“不要说这不吉利的话罢。”

“我知道你不能回答了！但我这个约不能不和你订好。”

“你去罢，你可去了，你不想去么？”

“我一定去的，但你必得回答我！”

他拨拨她的脸，一个苦笑说：“叫我怎样答呢？我总是永远守着你的！”

一个急忙说：“你错了！你错了！你为什么要永远守着我？”

“不要说了，怎样呢？”

“万一我死了——船沉了，或被人杀了，你不必悲伤，就转嫁罢！人是没有什么‘大’意义的，你必得牢记。”

“你越来越糊涂了，快些走罢！”

“你记牢么？我真的要走了。”

“你去罢！”

可是他却还是侵在她脸上，叫一声“妻呀！”

别离的滋味是凄凉的，何况又是深夜，微雨！不过俩人的不知次数的接吻，终给俩人以情意的难舍，又怎能系留得住俩人的形影的不能分离呢！他，青年，终于一手提着小箱，一手执着雨伞，在雨伞下挂着一盏灯笼，光黝黯地只照着他个人周身和一步以前的路。他自己向外掩好门，似听着门内有他妻的泣声，可是他没有话。狗要跟着他走，他又和狗盘桓了一息，抚抚狗的耳，叫狗蹲在门的旁边。这样，他投向村外的夜与雨中，带着光，似河边草丛中的萤火一般，走了。

路里没有一个行人，他心头酸楚地，惆怅地，涌荡着一种说不出的静寂。虽则他勇敢地向前走，他自己听着他自己有力的脚步声，一脚脚向前踏去。可是，他的家庭的情形，妻的动作，层出不穷地涌现在他心头。过去的不再来，爱的滋味，使他这时真切地回忆到了。春雨仍旧纷纷地在他四周落着，夜之冷气仍包围着他，而他，他的心，却火一般，煎烧着向前运行。

“我为什么呢？为个人？为社会？——但我不能带得我妻走……不过，这也不是我该有的想念，事业在前面，我是社会的青年，‘别’，算得什么一回事！”

这样，他脚步更走快起来，没有顾到细雨吹湿他的外衣。

一九二九年五月一日

听潮的故事

鲁彦

妻偏过脸来偎着我的脸，她心中的喜悦正和我的一样。

一年夏天，我和妻坐着海轮，到了一个有名的岛上。

这里是佛国，全岛周围三十里中，除了七八家店铺以外，全是寺院。岛上没有旅店，每一个寺院都特设了许多房子给香客住宿。这样的香客，多半是去观光游览的，不是真正烧香念佛的香客。

我们选了一个幽静的寺院，它就在海边，有三间住客的房子，一个凉台还突出在海上。当时，这三间房子里正住着香客，当家的答应过几天待他们走了就给我们一间房子，我们便暂在靠海湾的一间楼房住下了。

楼房的地位已经相当的好，从狭小的窗洞里可以望见落日和海湾尽头的一角。每次潮来的时候，听见海水冲击岩石的声音，看见空中细雨似的，朝雾似的，暮烟似的飞沫的升落。有时，它带着腥气，带着咸味，一直冲进了我们的小窗，粘在我们的身上，润湿着房中的一切。

“要是搬到了突出在海上的房子里，海就完全属于我们的了！”妻渴望地说。

过了几天，那边走了一部分香客，空了一间房子出来。我们果然搬过去了。

“现在这海——这海完全是我们的了！”当天晚上，我们靠着凉台的栏杆，赏玩海景的时候，妻又高兴地叫着说。

大海上一片静寂。在我们的脚下，波浪轻轻地吻着岩石，睡眠了似的。在平静的深暗的海面上，月光辟了一条狭而且长的明亮的路，闪闪地颤动着，银鳞一般。远处灯塔上的红光，镶在黑暗的空间，像是一个宝玉。它和那海面银光，在我们面前揭开了海的神秘——那不是狂暴的不测的可怕的神秘，那是幽静的和平的愉悦的神秘。我们的脚下，仿佛轻松起来，平静地，宽怀地，带着欣幸与希望，走上了那银光的道路，朝着宝玉般的红光走了去。

妻偏过脸来偎着我的脸，她心中的喜悦正和我的一样。

海在我们脚下沉吟着，诗人一般。那声音像是朦胧的月光和玫瑰花间的晨雾那样的温柔，像是情人的蜜语那样的甜美。低低地，轻轻地，像微风拂过琴弦，像落花飘到水上。

海睡熟了。

大小的岛屿拥抱着，偎依着，也静静地，朦胧地，入了睡乡。

星星在头上，也眨着疲倦的眼，也将睡了。

许久许久，我们也像入了睡似的，停止了一切的思念和情绪。

不晓得过了多少时候，远处一个寺院里的钟声，突然惊醒了海的沉睡。它现在激起了海水的兴奋，渐渐向我们脚下的岩石推了过来，发出“哺哺”的声音，仿佛谁在海里吐着气。海面的银光，跟着翻动起来，银龙似的。接着，我们脚下的岩石里就像铃子、铙钹、钟鼓在响着，愈响愈大了。

没有风。海自己醒了，动着。它转侧着，打着呵欠，伸着腰和脚，抹着眼睛。因为岛屿挡住了它的转动，它在用脚踢着，用手拍着，用牙咬着。它一刻比一刻兴奋，一刻比一刻用力。岩石渐渐起了战栗，发出抵抗的叫声，打碎了海的鳞片。

海受了创伤，愤怒了。

它叫吼着，猛烈地往岸边袭击了过来，冲进了岩石的每一个罅隙里，扰乱岩石的后方；接着，又来了正面的攻击，刺打着岩石的壁垒。

声音越来越大了。战鼓声，金锣声，枪炮声，呐喊声，叫号声，哭泣声，马蹄声，车轮声，飞机的机翼声，火车的汽笛声，都掺杂在一起，千军万马，混战了起来。

银光消失了。海水疯狂地汹涌着，吞没了远近的岛屿。它从我们的脚下浮了起来，雷似的怒吼着，一阵阵地将满带着血腥的浪花，泼溅在我们的身上。

“可怕的海！”妻战栗地叫着说，“这里会塌哩！”

“哪里的话！”

“至少这声音是可怕得够了！”

“伟大的声音！海的美就在这里了！”我说。

“你看那红光！”妻指着远处越发明亮的灯塔上的红灯说，“它镶在黑暗的空间，像是血！可怕的血！”

“倘若是血，就愈显得海的伟大哩！向来是这样的，你看！”

退潮的时候，我指着海边对她说，“一来一去，是故事！来的时候凶猛，去的时候多么平静呵！一样的美！”

然而，她不承认我的话。她总觉得那是使她恐惧，使她厌憎的。倘使我的感觉和她的一样，她愿意立刻就离开这里。但为了我，她愿意再留半个月。我喜欢海，尤其是潮来的时候。因此，即使是和妻一道关在房子里，从闭着的窗户里听着外面模糊的潮音，也觉得很满意。再留半个月，尽够欣幸了。

墓畔哀歌

石评梅

我爱，我原想追回那美丽的皎容，祭献在你碧草如茵的墓旁，谁知道青春的残蕾已和你一同殉葬。

一

我由冬的残梦里惊醒，春正吻着我的睡靥低吟！晨曦照上了窗纱，望见往日令我醺醉的朝霞，我想让丹彩的云流，再认认我当年的颜色。

披上那件绣着蛱蝶的衣裳，姗姗地走到尘网封锁的妆台旁。呵！明镜里照见我憔悴的枯颜，像一朵颤动在风雨中苍白凋零的梨花。

我爱，我原想追回那美丽的皎容，祭献在你碧草如茵的墓旁，谁知道，青春的残蕾，已和你一同殉葬。

二

假如我的眼泪真凝成一粒一粒珍珠，到如今，我已替你缀织成绕你玉颈的围巾。

假如我的相思真化作一颗一颗的红豆，到如今，我已替你堆集永久勿忘的爱心。哀愁深埋在我心头。

我愿燃烧我的肉身化成灰烬，我愿放浪我的

热情怒涛汹涌。天呵！这蛇似的蜿蜒，蚕似的缠绵，就这样悄悄地偷去了我生命的青焰。

我爱，我吻遍了你墓头青草在日落黄昏；我祷告，就是空幻的梦吧，也让我再见见你的英魂。

三

明知道人生的尽头便是死的故乡，我将来也是一座孤冢，衰草斜阳。有一天呵！我离开繁华的人寰，悄悄入葬；这悲艳的爱情，一样是烟消云散，昙花一现；梦醒后飞落在心头的，都是些残泪点点。

然而我不能把记忆毁灭，把埋我心墟上的残骸抛却，只求我能永久徘徊在这垒垒荒冢之间，为了看守你的墓茔，祭献那茉莉花环。

我爱，你知否我无言的忧衷，怀想着往日轻盈之梦。梦中，我低低唤着你小名，醒来，只是深夜长空有孤雁哀鸣！

四

黯淡的天幕下，没有明月，也无星光。这宇宙像数千年的古墓。皑皑白骨上，飞动闪映着惨绿的磷花。我匍匐哀泣于此残锈的铁栏之旁，愿烘我愤怒的心火，烧毁这黑暗丑恶的地狱之网。

命运的魔鬼有意捉弄我弱小的灵魂，罚我在冰雪寒天中，寻觅那凋零了的碎梦。求上帝饶恕我，不要再惨害我这仅有的生命，剩得此残躯在，容我杀死那狞恶的敌人！

我爱，纵然宇宙变成烬余的战场，野烟都腥：在你给我的甜梦里，我心长系驻于虹桥之中，赞美永生！

五

我整天踯躅于垒垒荒冢，看遍了春花秋月不同的风景，抛弃了一切名利虚荣，来到此无人烟的旷野，哀吟缓行。我登了高岭，向云天苍茫的西方招魂，在绚烂的彩霞里，望见了我沉落的希望之陨星。

远处是烟雾冲天的古城，火星似金箭向四方飞游！隐约地听见刀枪搏击之声，那狂热的欢呼令人震惊！在碧草萋萋的墓头，我举起了胜利的金觥，饮吧我爱，我奠祭你静寂无言的孤冢！

星月满天时，我把你遗我的宝剑纤手轻擎，宣誓向长空：愿此生永埋了英雄儿女的热情。

六

假如人生只是虚幻的梦影，那我这些可爱的映影，便是你赠与我的全生命。我常觉你在我身后的树林里，骑着马轻轻地走过去；常觉你停息在我的窗前，徘徊着等我的影消灯熄；常觉你随着我唤你的声音，悄悄走近了我，又含泪退到了墙角；常觉你站在我低垂的雪帐外，哀哀地对月光而叹息！

在人海尘途中，偶然逢见个像你的人，我停步凝视后，这颗心呵！便如秋风横扫落叶般冷森凄零！我默思我已经得到爱的心，如今只是荒草夕阳下，一座静寂无语的孤冢。

我的心是深夜梦里，寒光闪灼的残月；我的情是青碧冷静，永不再流的湖水。残月照着你的墓碑，湖水环绕着你的坟。我爱，这是我的梦，也是你的梦。安息吧，敬爱的灵魂！

七

我自从混迹到尘世间，便忘却了我自己；在你的灵魂，我才知是谁。

记得也是这样夜里。我们在河堤的柳丝中，走过来，走过去。

我们无语，心海的波浪也只有月儿能领会。你倚在树上望明月沉思，我枕在你胸前听你的呼吸。抬头看见黑翼飞来掩遮住月儿的清光，你抖颤着问我：假如这苍黑的翼是我们的命运时，应该怎样？

我认识了欢乐，也随来了悲哀，接受了你的热情，同时也随来了冷酷的秋风。往日，我怕恶魔的眼睛凶，白牙如利刃；我总是藏伏在你的腋下趑趄不敢进，你一手执宝剑，一手扶着我，践踏着荆棘的途径，投奔那如花的前程！

如今，这道上还留着你斑斑血痕，恶魔的眼睛和牙齿再是那样凶狠。但是我爱，你不要怕我孤零，我愿用这一纤细的弱玉腕，建设那如意的梦境。

八

春来了，催开桃蕾，又飘到柳梢。这般温柔慵懒的天气，真使人恼！她似乎躲在我眼底有意缭绕，一阵阵风翼，吹起了我灵海深处的波涛。

这世界已换上了装束，如少女般那样娇娆，她披拖着浅绿的轻纱，蹁跹在她那（姹）紫嫣红中舞蹈。伫立于白杨下，我心如捣，强睁开模糊的泪眼，细认你墓头，萋萋芳草。满腔辛酸与谁道？愿此恨吐向青空将天地包。它纠结围绕着我的心，像一堆枯黄的蔓草。我爱，我待你用宝剑来挥扫，我待你用火花来焚烧。

九

垒垒荒冢上，火光熊熊，纸灰缭绕，清明到了。这是碧草绿水的春郊。墓畔有白发老翁，有红颜年少，向这一抔黄土致不尽的怀忆和哀悼。云天苍茫处，我将魂招。白杨萧条，暮鸦声声，怕孤魂归路迢迢。

逝去了，欢乐的好梦，不能随墓草而复生。明朝此日，谁知天涯何处寄此身？叹漂泊，我已如落花浮萍，且高歌，且痛饮，拼一醉，烧熄此心头余情。

我爱，这一杯苦酒细细斟，邀残月与孤星和泪共饮，不管黄昏，不论夜深，醉卧在你墓碑傍，任霜露侵凌吧！我再不醒。

十六年清明陶然亭畔

家庭教师

萧红

像两个大孩子似的，互相比着舌头。

他吃的是红色的糖块，所以是红舌头，我是绿舌头。

二十元票子，使他做了家庭教师。

这是第一天，他起得很早，并且脸上也像愉悦了些。我欢喜地跑到过道去倒脸水。

心中埋藏不住这些愉快，使我一面折着被子，一面嘴里任意唱着什么歌的句子。而后坐到床沿，两腿轻轻地跳动，单衫的衣角在腿下抖荡。我又跑出门外，看了几次那个提篮卖面包的人，我想，他应该吃些点心吧，八点钟他要去教书，天寒，衣单，又空着肚子，那是不行的。

但是还不见那提着膨胀的篮子的人来到过道。

郎华做了家庭教师，大概他自己想也应该吃了。当我下楼时，他就自己在买，长形的大提篮已经摆在我们房间的门口。他仿佛是一个大蝎虎样，贪婪地，为着他的食欲，从篮子里往外捉取着面包、圆形的点心和“列巴圈”。他强健的两臂，好像要把整个篮子抱到房间里才能满足。最后，他会过钱，下了最大的决心，舍弃了篮子，跑回房中来吃。

还不到八点钟，他就走了。九点钟刚过，他就回来。下午太阳快落时，他又去一次，一个钟头，又回来。他已经慌慌忙忙像是生活有了意义似的。当他回来时，他带回一个小包袱，他说那是才从当铺取出的从前他当过的两件衣裳。他很有兴致地把一件夹袍从包袱里解出来，还有一件小毛衣。

“你穿我的夹袍，我穿毛衣。”他吩咐着。

于是两个人各自赶快穿上。他的毛衣很合适。唯有我穿着他的夹袍，两只脚使我自己看不见，手被袖口吞没去，宽大的袖口，使我忽然感到我的肩膀一边挂好一个口袋，就是这样，我觉得很合适，很满足。

电灯照耀着满城市的人家。钞票带在我的衣袋里，就这样，两个人理直气壮地走在街上，穿过电车道，穿过扰嚷着的那条破街。

一扇破碎的玻璃门，上面封了纸片，郎华拉开它，并且回头向我说：“很好的小饭馆，洋车夫和一切工人，全都在这里吃饭。”

我跟着进去。里面摆着三张大桌子。我有点看不惯，好几部分食客都挤在一张桌上。屋子几乎要转不过来身。我想，让我坐在哪里呢？三张桌子满满的都是人。我在袖口外面捏了一下郎华的手说：“一张空桌也没有，怎么吃？”

他说：“在这里吃饭是随随便便的，有空就坐。”他比我自然得多。接着，他把帽子挂到墙壁上。堂倌走来，用他拿在手中已经擦满油腻的布巾抹了一下桌角，同时向旁边正在吃的那个人说：“借光，借光。”

就这样，郎华坐在长板凳上那个人剩下来的一头。至于我呢，堂倌把掌柜独坐的那个圆板凳搬来，占据着大桌子的一头。我们好像存在也可以，不存在也可以似的。不一会，小小的菜碟摆上来。我看到一个小圆木砧上堆着煮熟的肉，郎华跑过去，向着木砧说了一声："切半角钱的猪头肉。"

那个人把刀在围裙上，在那块脏布上抹了一下，熟练地挥动着刀在切肉。我想：他怎么知道那叫猪头肉呢？很快地，我吃到猪头肉了。后来，我又看见火炉上煮着一个大锅，我想要知道这锅里到底盛的是什么，然而当时我不敢，不好意思站起来满屋摆荡。

"你去看看吧。"

"那没有什么好吃的。"郎华一面去看，一面说。

正相反，锅虽然满挂着油腻，里面却是肉丸子。掌柜连忙说："来一碗吧？"

我们没有立刻回答。掌柜又连忙说："味道很好哩。"

我们怕的倒不是味道好不好，既然是肉的，一定要多花钱吧！我们面前摆了五六个小碟子，觉得菜已经够了。他看看我，我看看他。

"这么多菜，还是不要肉丸子吧。"我说。

"肉丸还带汤。"我看他说这话，是愿意了，那么吃吧。一决心，肉丸子就端上来。

破玻璃门边，来来往往有人进出，戴破皮帽子的，穿破皮袄的，还有满身红绿的油匠，长胡子的老油匠，十二三岁尖嗓子的小油匠。

脚下有点潮湿得难过了。可是门仍不住地开关，人们仍是来来往往。一个岁数大一点的妇人，抱着孩子在门外乞讨，仅仅在人们开门时她说一声："可怜可怜吧！给小孩点吃的吧！"然而她从不动手推门。后来，大概她等到时间太长了，就跟着人们进来，停在门口，她还不敢把门关上，表示出她一得到什么东西很快就走的样子。忽然全屋充满了冷空气。郎华拿馒头正要给她，掌柜的摆着手：“多得很，给不得。”靠门的那个食客强关了门，已经把她赶出去了，并且说：“真她妈的，冷死人，开着门还行！”

不知哪一个发了这一声：“她是个老婆子，你把她推出去。若是个大姑娘，不抱住她，你也得多看她两眼。”

全屋人差不多都笑了。我却听不惯这话，我非常恼怒。

郎华为着猪头肉喝了一小壶酒，我也帮着喝。同桌的那个人只吃咸菜，喝稀饭，他结账时还不到一角钱。接着，我们也结账：小菜每碟二分，五碟小菜，半角钱猪头肉，半角钱烧酒，丸子汤八分，外加八个大馒头。

走出饭馆，使人吃惊，冷空气立刻裹紧全身，高空闪烁着繁星。我们奔向有电车经过“叮叮”响的那条街口。

“吃饱没有？”他问。

“饱了。”我答。

经过街口卖零食的小亭子，我还买了两块纸包糖。我一块，他一块，一面上楼，一面吮着糖的滋味。

“你真像个大口袋。”他吃饱了以后才向我说。

同时，我打量着他，也非常不像样。在楼下大镜子前面，两个人照了好久。他的帽子仅仅扣住前额，后脑勺被忘记似的，离得帽子老远老远地独立着。很大的头，顶个小卷沿帽，最不相宜的就是这个小卷沿帽，在头顶上看起来十分不牢固，好像乌鸦落在房顶，有随时飞走的可能。别人送给他的那身学生服短而且宽。

走进房间，像两个大孩子似的，互相比着舌头，他吃的是红色的糖块，所以是红舌头，我是绿舌头。比完舌头之后，他忧愁起来，指甲在桌面上不住地敲响。

“你看，我当家庭教师有多么不带劲！来来往往冻得和个小叫花子似的。”

当他说话时，在桌上敲着的那只手的袖口，已是破了，拖着线条。我想，破了倒不要紧，可是冷怎么受呢？

长久的时间静默着，灯光照在两人脸上，也不跳动一下，我说要给他缝缝袖口，明天要买针线。说到袖口，他警觉一般看一下袖口，脸上立刻浮现着幻想，并且嘴唇微微张开，不自然似的，又不说什么。

关了灯，月光照在窗外，反映得全室微白。两人扯着一张被子，头下破书当作枕头。

隔壁手风琴又“咿咿呀呀”地在诉说生之苦乐。乐器伴着他，他慢慢打开他幽禁的心灵了：

“敏子……这是敏子姑娘给我缝的。可是过去了，过去了就没有什么意义。我对你说过，那时候我疯狂了。直到最末一次信来，才算结束，结束就是说，从那时起她不再给我来信了。这样意外的，相信也不能相信的事情，弄得我昏迷了许多日子……以前许多信都是写着爱我……甚至于说非爱我不可。最末一次信却骂起我来，直到现在，我还不相信，可是事实是那样……”

他起来去拿毛衣给我看：“你看这桃色的线……是她缝的……敏子缝的……”

又灭了灯，隔壁的手风琴仍不停止。在说话里边他叫那个名字：“敏子，敏子。”都是喉头发着水声。

“很好看的，小眼眉很黑……嘴唇很……很红啊！”说到恰好的时候，在被子里边，他紧紧捏了我一下手。我想：我又不是她。

“嘴唇通红通红……啊……”他仍说下去。

马蹄打在街石上，一朵朵的响声。每个院落在想像中也都睡去。

（原载1936年2月1日上海《中学生》第62期）

初恋的自白

胡也频

我忽然觉到，我的心原先是空的，这时才因她的眼光和微笑而充满了异样的喜悦。

下面所说的，是一个青春已经萎谢，而还是独身着的或人的故事：

大约是十二岁，父亲就送我到相隔两千余里之远的外省去读书。离开家乡，不觉间已是足足的三年零四个月了。就在这一年的端午节后三日，得了我母亲的信，她要我回家。于是我就非常不能耐地等着时光的过去，盼望暑假到来；并且又像得了属于苦工的赦免一般，考完试验；及到了讲演堂前面那赭色古旧的墙上，由一个正害着眼病的校役，斜斜地贴出那实授海军少将的校长的放学牌示之时，我全个的胸膛里都充满着欢喜了，差不多快乐得脸上不断地浮现着微笑。

从这个学校回到我的家，是经过两个大海，但是许多人都羡慕的这一次的海上风光，却被我忽略去了，因为我正在热心地思想着家乡情景。

一切的事物在眷恋中，不必是美丽的，也都成为可爱了——尤其是对于曾偷吃过我的珍珠鸟的那只黑猫，我也宽恕它既往的过失，而生起亲切的怀念。

到了家，虽说很多的事实和所想象的相差，但那欢喜却比意料的更大了。

母亲为庆贺这家庭中新的幸福，发出了许多请帖，预备三桌酒席，说是替我接风。

第二天，便来了大人和小孩的男男女女的客。

在这些相熟和只能仿佛地觉得还认识的客中，我特别注意到那几个年约十二三岁的女孩子。她们在看我的眼中，虽说模样各异，却全是可爱，但是在这可爱中而觉得出众的美丽的——是我不知道叫她作什么名字的那个。

因为想起她是和我的表姨妈同来，两人相像，我就料定她也是我的表妹妹；她只有我的肩头高。

“表妹！”一直到傍晚时分，我才向她说，还时她正和一个高低相等的女孩子，躲在西边的厢房里面，折叠着纸塔玩。

听我在叫她，她侧过脸来，现出一点害羞，但随着在娇媚的脸儿上便浮起微笑。

“是不是叫你作表妹？”我顺手拿起另一张纸，也学她折叠纸塔。

她不语。

那个女孩子也不知怎的，悄悄地走开了。于是这个宽大的厢房里面，只剩下两个人，我和她。

她很自然，依样低头的，用她那娇小的手指，继续着折叠那纸塔。我便跑开去，拿来我所心爱的英文练习本，把其中的漂亮的洋纸扯开，送给她，并且，我自己还折了火轮船，屋子，蛤蟆，和鸟儿之类的东西，也都送给她。她受了我的这些礼物，却不说出一句话来，只用她的眼光和微笑，向我致谢。

我忽然觉到，我的心原先是空的，这时才因她的眼光和微笑而充满了异样的喜悦。

她的塔折叠好了，约有一尺多高，就放在其余的纸物件中间，眼睛柔媚地斜着去看，这不禁使我小小的心儿跳动了。

“这好看。”我说，“把它送给我，行不行？”

她不说话，只用手把那个塔拿起来，放到我面前，又微笑，眼光充满着明媚。

我正想叫她一声“观音菩萨”作为感谢，一个仆妇却跑来，并且慌慌张张的，把她拉走了。她不及拿去我送给她的那些东西。看她临走时，很不愿意离开地回望我的眼波，我惘然了，若有所失地对那些纸物件痴望。

因久等仍不见她来，我很心焦地跑到外面去找，但是在全屋子里面，差不多每一个空隙都瞧过了，终不见她的半点影子。于是，在我的母亲和女客们的谈话中间，关于她，我听到不幸的消息，那是她的父亲病在海外，家里突接到这样的信，她和她的母亲全回家去了。我心想，她今夜无论如何，是不会再到这里来上酒席了。我就懊悔到尽痴望纸塔，而不曾随她出去，在她身边，和她说我心里的话，要她莫忘记我；并且，那些纸折的东西，也是应该给她的。我觉得我全然做错了。

我一个人闷闷的，又来到西厢房，看见那些小玩艺儿，心更惘然了；我把它们收起，尤其是那个塔，珍重地放到小小的皮箱里去。

这一夜为我而设的酒席上面，因想念她，纵有许多男男女女的客都向我说笑，我也始终没有感到欢乐，只觉得很无聊似的；我的心情是完全被怅惘所包围着。

由是，一天天的，我的心只希望着她能够再来，看一次她的影子也好；但是这希望，无论我是如何的诚恳，如何的急切，全等于梦，渺茫的，而且不可摸捉，使得我仿佛曾受了什么很大的损失。我每日怅怅的，母亲以为我有了不适，然而我能够向她说出些什么话呢？我年纪还小，旧礼教的权威又压迫着我的全心灵，我终于撒谎了，说是因为我的肚子受了寒气。

我不能对于那失望，用一种明瞭的解释，我只模模糊糊地觉得，没有看见她，我是很苦恼的。

大约是第四天，或是第五天吧，那个仆妇单独地来到，说是老爷的病症更加重，太太和小姐都坐海船走了。——呵！这些话在我的耳里便变成了巨雷！我知道，我想再见到她，是不可能的事了。我永远记着这个该诅咒的日子。

始终没有和她作第二的见面。那学校的开学日期却近了，于是我又离开家；这一次的离家，依样带着留恋，但在我大部分的心中，是充满着恼恨。

在校中，每次写信给双亲的时候，我曾想——其实是因想到她，才想起给家里写信，但结果都被胆怯所制，不敢探问到她，即有时已写就了几句，也终于涂抹了，或者又连信扯碎。

第二年的夏天，我毕业了，本想借这机会回家去，好生地看望她，向她说出我许久想念她的心事；但当时却突然由校长的命令

（为的我是高才生），不容人拒绝和婉却地，把我送到战舰上去实事练习了。于是，另一种新的生活，我就开始了，并且脚踪更无定，差不多整年地浮在海面，飘泊去，又飘泊来，离家也就更远了。因此，我也就更深地想念着她。

时光——这东西像无稽的梦幻，模糊的，在人的不知觉间，消去了，我就这样忽忽地，并且没有间断地在狂涛怒浪之中，足足地度过六年，我以为也像是一个星期似的。

其实，这六年，想起来是何等可怕的长久呵。在其间，尤其是在最后的那两年，因了我年纪的增长，我已明瞭所谓男女之间的关系了，但因这，对于我从幼小时所深印的她的影子，也随着更活泼，更鲜明，并且更觉得美丽和可爱了。我一想到她应该有所谓及笄年纪的时候，我的心就越跳跃，我愿向她这样说：我是死了，我的心烂了，我的一切都完了，我没有梦的背景和生活的希望了，倘若我不能得到你的爱！——并且我还要继续说——倘若你爱我，我的心将充满欢乐，我不死了，我富有一切，我有了美丽的梦和生活的意义，我将成为宇宙的幸福王子。……想着时，我便重新展览了用全力去珍重保存的那些纸折的物件，我简直要发狂了，我毫无顾忌地吻她的那个纸塔——我的心就重新挟击着两件东西：幸福和苦恼。

我应该补说一句：在这六年中，我的家境全变了，父亲死去，唯一的弟弟也病成瘫子，母亲因此哭瞎了眼睛……那么，关于我所想念的她，我能用什么方法去知道呢？能在我瞎子的母亲面前，不说家境所遭遇的不幸，而恳恳地只关心于我所爱恋的她么？我只能常常向无涯的天海，默祷神护祐，愿她平安，快乐和美丽……！

倘若我无因地想起她也许嫁人，在这时，我应该怎样说？我的神！我是一个壮者，我不畏狂涛，不畏飓风，然而我哭了，我仿佛就觉得死是美丽，唯有死才是我最适合的归宿，我是失去我的生活的一切能力了。

不过，想到她还是待人的处女的时候，我又恢复了所有生活的兴趣，我有驱逐一切魔幻的勇气，我是全然醒觉了，存在了。

总而言之，假使生命须一个主宰，那么，她就是主宰我生命的神！

我的生活是建设在她上面。

然而，除了她的眼光和微笑，我能够多得一些什么？

这一直到六年之最末的那天，我离开那只战舰，回到家里的时候……

能够用什么话去形容我的心情？

我看见到她（这是在表姨妈家里），她是已出嫁两年了，拖着毛毵毵黄头发不满周岁的婴儿，还像当年模样。我惊诧了。我欲狂奔去，但是我突然被了一种感觉，我又安静着；呵，只有神知道，我的心是如何地受着无形的利刃的宰割！

为了不可攻的人类的虚伪，我忘却了自己，好像地忘却了一般，我安静而且有礼地问她好，抚摩她的小孩，她也殷勤地关心我海上的生活情况，并且叹息我家境的变迁，彼此都坦然地，孜孜地说着许许多多零碎的话，差不多所想到的事件都说出了。

真的，我们的话语是像江水一般不绝地流去，但是我始终没有向她说：

“表妹，你还记得么，七年前你折叠的那个纸塔，还在我箱子里呢！”

北京沙滩

（原载1927年11月4日、5日、7日《晨报副刊》）

水样的春愁

郁达夫

我故意屏着声，提着脚，轻轻地走上了她的背后，一使劲，一口就把她面前的那盏洋灯吹灭了。

洋学堂里的特殊科目之一，自然是“伊利哇拉”的英文。现在回想起来，虽不免有点觉得好笑，但在当时，杂在各年长的同学当中，和他们一样地曲着背，耸着肩，摇摆着身体，用了读《古文辞类纂》的腔调，高声朗诵着“皮衣啤”“皮哀排”的精神，却真是一点儿含糊苟且之处都没有的。初学会写字母之后，大家所急于想一试的，是自己的名字的外国写法；于是教英文的先生，在课余之暇就又多了一门专为学生拼英文名字的工作。有几位想走捷径的同学，并且还去问过先生，外国百家姓和外国三字经有没有得买的？先生笑着回答说，外国百家姓和三字经，就只有你们在读的那一本“泼刺玛”的时候。同学们于失望之余，反更是“皮哀排”“皮衣啤”地叫得起劲。当然是不用说的，学英文还没有到一个礼拜，几本当教科书用的《十三经注疏》《御批通鉴辑览》的黄封面上，大家都各自用墨水笔题上了英文拼得歪斜的名字。又进一步，便是用了异样的发音，操英文说着“你是一只狗”“我是你的父亲”之类的话，大家互讨便宜地混战；而实际上，有几位乡下的同学，却已经真的是两三个小孩子的父亲了。

因为一班之中，我的年龄算最小，所以自修室里，当监课的先生走后，另外的同学们在密语着、哄笑着的关于男女的问题，我简直一点儿也感不到兴趣。从性知识发育落后的一点上说，我确不得不承认自己是一个最低能的人。又因自小就习于孤独，困于家境的结果，怕羞的心，畏缩的性，更使我的胆量，变得异常的小。在课堂上，坐在我左边的一位同学，年纪只比我大了一岁，他家里有几位相貌长得和他一样美的姊妹，并且住得也和学堂很近很近。因此，在校里，他就是被同学们苦缠得最厉害的一个；而礼拜天或假日，他的家里，就成了同学们的聚集的地方。当课余之暇，或放假期里，他原也恳切地邀过我几次，邀我上他家里去玩去；但形秽之感，终于把我的向往之心压住。曾有好几次想决心跟了他上他家去，可是到了他们的门口，却又同罪犯似的逃了。他以他的美貌，以他的财富和姊妹，不但在学堂里博得了绝大的声势，就是在我们那小小的县城里，也赢得了一般的好誉。而尤其使我羡慕的，是他的那一种对同我们是同年辈的异性们的周旋才略。当时，我们县城里的几位相貌比较艳丽一点的女性，个个是和他要好的，但他也实在真胆大，真会取巧。

当时，同我们在同年辈的女性，装饰入时，态度豁达，为大家所称道的，有三个。一个是一位在上海开店，富甲一邑的商人赵某的侄女；她住得和我最近。还有两个，也是比较富有的中产人家的女儿，在交通不便的当时，已经各跟了她们家里的亲威，到杭州、上海等地方去跑跑了；她们俩，却都是我那位同学的邻居。这三个女性的门前，当傍晚的时候，或月明的中夜，老有一个一个的黑影在徘徊；这些黑影的当中，有不少都是我们的同学。因为每到礼拜一的早晨，没有上课之先，我老听见有同学们在操场上笑说在一道，并且时时还高声地用着英文作了隐语，如"我看见她了！""我听见她在读书"之类。而无论在什么地方于什么时候的凡关于这一类的谈话的中心人物，总是课堂上坐在我的左边，年龄只比我大一岁的那一位天之骄子。

赵家的那位少女，皮色实在细白不过，脸形是瓜子脸；更因为她家里有了几个钱，而又时常上上海她叔父那里去走动的缘故，衣服式样的新异，自然可以不必说，就是做衣服的材料之类，也都是当时未开通的我们所不曾见过的。她们家里，只有一位寡母和一个年轻的女仆，而住的房子却很大很大。门前是一排柳树，柳树下还杂种着些鲜花；对面的一带红墙，是学宫的泮水围墙，泮池上的大树，枝叶垂到了墙外，红绿便映成着一色。当浓春将过，首夏初来的春三四月，脚踏着日光下石砌路上的树影，手捉着扑面飞舞的杨花，到这一条路上去走走，就是没有什么另外的奢望，也很有点像梦里的游行，更何况楼头窗里，时常会有那一张少女的粉脸出来，向你抛一眼两眼的低眉斜视呢！

此外的两个女性，相貌更是完整，衣饰也尽够美丽，并且因为她俩的住址接近，出来总在一道，平时在家，也老在一处，所以胆子也大，认识的人也多。她们在二十余年前的当时，已经是开放得很，有点像现代的自由女子了。因而，上她们家里去鬼混，或到她们门前去守望的青年，数目特别的多，种类也自然要杂。

我虽则胆量很小，性知识完全没有，并且也有点过分的矜持，以为成日地和女孩子们混在一道，是读书人的大耻，是没出息的行为；但到底还是一个亚当的后裔，喉头的苹果，怎么也吐它不出咽它不下，同北方厚雪地下的细草萌芽一样，到得冬来，自然也难免得有些望春之意；老实说将出来，我偶尔在路上遇见她们中间的无论哪一个，或凑巧在她们门前走过一次的时候，心里也着实有点儿难受。

住在我那同学邻近的两位，因为距离的关系，更因为她们的处世知识比我长进，人生经验比我老成得多，和我那位同学当然是早已有过纠葛，就是和许多不是学生的青年男子，也各已有了种种的风说。对于我，虽像是一种含有毒法的妖艳的花，诱惑性或许格外的强烈，但明知我自己绝不是她们的对手，平时不过于遇见的时候有点难以为情的样子，此外倒也没有什么了不得的思慕。可是，那一位赵家的少女，却整整地恼乱了我两年的童心。

我和她的住处比较地近，故而三日两头，总有着见面的机会。见面的时候，她或许是无心，只同对于其他的同年辈的男孩子打招呼一样，对我微笑一下，点一点头，但在我，却感到同犯了大罪被人发觉了的样子，和她见面一次，马上要变得头昏耳热，胸腔里的一颗心“突突”地总有半个钟头好跳。因此，我上学去或下课回来，以及平时在家或出外去的时候，总无时无刻不在留心，想避去和她的相见。但遇到了她，等她走过去后，或用功用得很疲乏把眼睛从书本子举起的一瞬间，心里又老在盼望，盼望着她能再来一次，再上我的眼面前来立着，对我微笑一脸。

有时候从家中进出的人的口里传来，听说“她和她母亲又上上海去了，不知要什么时候回来？”我心里会同时感到一种像释重负又像失去了什么似的忧虑，生怕她从此一去，将永久地不回来了。

同芭蕉叶似的重重包裹着的我这一颗无邪的心，不知在什么地方，透露了消息，终于被课堂上坐在我左边的那位同学看穿了。一个礼拜六的下午，落课之后，他轻轻地拉着我的手对我说：“今天下午，赵家的那个小丫头，要上倩儿家去，你愿不愿意和我同去一道玩儿？”这里所说的倩儿，就是那两位他邻居的女孩子之中的一个的名字。我听了他的这一句密语，立时就涨红了脸，喘急了气，嗫嚅着说不出一句话来回答他，尽在拼命地摇头，表示我不愿意去，同时眼睛里也水汪汪地想哭出来的样子；而他却似乎已经看破了我的隐衷，得着了我的同意似的用强力把我拖出了校门。

到了倩儿她们的门口，当然又是一番争执，但经他大声地一喊，门里的三个女孩，却同时笑着跑出来了；已经到了她们的面前，我也没有什么别的办法了，自然只好俯着首，红着脸，同被绑赴刑场的死刑囚似的跟她们到了室内。经我那位同学带了滑稽的声调将如何把我拖来的情节说了一遍之后，她们接着就是一阵大笑。我心里有点气起来了，以为她们和他在侮辱我，所以于羞愧之上，又加了一层怒意。但是奇怪得很，两只脚却软落来了，心里虽在想一溜跑走，而腿神经终于不听命令。跟她们再到客房里去坐下，看他们四人捏起了骨牌，我连想跑的心思也早已忘掉，坐将在我那位同学的背后，眼睛虽则时时在注视着牌，但间或得着机会，也着实向她们的脸部偷看了许多次数。等她们的输赢赌完，一餐东道的夜饭吃过，我也居然和她们伴熟，有说有笑了。临走的时候，倩儿的母亲还派了我一个差使，点上灯笼，要我把赵家的女孩送回家去。自从这一回后，我也居然入了我那同学的伙，不时上赵家和另外的两女孩家去进出了；可是生来胆小，又加以毕业考试的将次到来，我的和她们的来往，终没有像我那位同学似的繁密。

正当我十四岁的那一年春天（一九〇九，宣统元年己酉），是旧历正月十三的晚上，学堂里于白天给与了我以毕业文凭及增生执照之后，就在大厅上摆起了五桌送别毕业生的酒宴。这一晚的月亮好得很，天气也温暖得像二三月的样子。满城的爆竹，是在庆祝新年的上灯佳节，我于喝了几杯酒后，心里也感到了一种不能抑制的欢欣。出了校门，踏着月亮，我的双脚，便自然而然地走向了赵家。她们的女仆陪她母亲上街去买蜡烛、水果等过元宵的物品去了。推门进去，我只见她一个人拖着一条长长的辫子，坐在大厅上的桌子边上洋灯底下，练习写字。听见了我的脚步声音，她头也不朝转来，只漫声地问了一声"是谁？"我故意屏着声，提着脚，轻轻地走上了她的背后，一使劲，一口就把她面前的那盏洋灯吹灭了。月光如潮水似的浸满了这一座朝南的大厅。她于一声高叫之后，马上就把头朝了转来。我在月光里看见了她那张大理石似的嫩脸，和黑水晶似的眼睛，觉得怎么也熬忍不住了，顺势就伸出了两只手去，捏住了她的手臂。两人的中间，她也不发一语，我也并无一言，她是扭转了身坐着，我是向她立着的。她只微笑着看看我，看看月亮，我也只微笑着看看她，看看中庭的空处。虽然此外的动作，轻薄的邪念，明显的表示，一点儿也没有，但不晓怎样一股满足、深沉、陶醉的感觉，竟同四周的月光一样，包满了我的全身。

两人这样地在月光里沉默着相对。不知过了多久，终于，她轻轻地开始说话了：

“今晚上你在喝酒？”

“是的，是在学堂里喝的。”

到这里我才放开了两手，向她边上的一张椅子里坐了下去。

“明天你就要上杭州去考中学去么？”停了一会，她又轻轻地问了一声。

“嗳，是的，明朝坐快班船去。”

两人又沉默着。不知坐了几多时候，忽听见门外头她母亲和女仆说话的声音渐渐儿地近了，她于是就忙着立起来擦洋火，点上了洋灯。

她母亲进到了厅上，放下了买来的物品，先向我说了些道贺的话，我也告诉了她，明天将离开故乡到杭州去；谈不上半点钟的闲话，我就匆匆告辞出来了。在柳树影里披了月光走回家来，我一边回味着刚才在月光里和她两人相对时的沉醉似的恍惚，一边在心的底里，忽儿又感到了一点极淡极淡，同水一样的春愁。

一月五日

（原载1935年1月20日《人世间》第20期）

她走了

梁遇春

你走了。

我生命的弦，戛然一声，全断了。

你听见了没有？

她走了，走出这古城，也许就这样子永远走出我的生命了。她本是我生命源泉的中心里的一朵小花，她的根，总是种在我生命的深处。然而，此后我也许再也见不到那隐有说不出的哀怨的脸容了。这也可说，我的生命的大部分，已经从我生命里消逝了。

两年前，我的懦怯使我将这朵花从心上轻轻摘下，（世上一切残酷大胆的事情总是懦怯弄出来的。许多自杀的弱者，都是因为起先太顾惜生命了。生命果然是安稳地保存着，但是自己又不得不把它扔掉。弱者只怕失败，终免不了一个失败，天天兜着这个圈子，兜的回数愈多，也愈离不开这圈子了！）——两年前，我的懦怯使我将这朵小花从心上摘下，花叶上沾着几滴我的心血。它的根当还在我心里。我的血，就天天从这折断处涌出，化成脓了。所以，这两年来，我的心里的贫血症，是一年深一年了。今天这朵小花，上面还濡染着我的血，却要随着江水——清流乎？浊流乎？天知道！——流去，我就这么无能为力地站在岸上，这么心里狂涌出鲜红的血。

“谁道人生无再少，门前流水尚能西。”但是我凄惨地相信，西来的弱水绝不是东去的逝波。否则，我愿意立刻化作牛矢满面的石板，在溪旁等候那万万年后的某一天。

她走之前，我向她扯了多少漫天的大谎呀！但是我的鲜血，都把它们染成了真实了。还没有涌上心头时，是个谎话，一经心血的洗礼，却变做真实的真实了。我现在认为，这是我心血唯一的用处。若使她知道，个个谎都是从我心房里榨出，不像那信口开河的真话，她一定不让我这样不断地扯谎着。我将我生命的精华搜集在一起，全放在这些谎话里面，掷在她的脚旁，于是乎，我现在剩下来的，只是这堆渣滓，这个永远是渣滓的自己。我好比一根火柴，跟着她，已经擦出一朵神奇的火花了，此后的岁月，只消磨于躺在地板上做根腐朽的木屑罢了！人们践踏又何妨呢？“推枰犹恋全输局”，我已经把我的一生推在一旁了，而且丝毫也不留恋着。

她劝我此后还是少抽烟，少喝酒，早些睡觉。我听着，我心里欢喜得正如破晓的枝头弄舌的黄雀，我不是高兴她这么挂念着我，那是用不着证明的，也是言语所不能证明的。我狂欢的理由，是我看出她以为我生命还未全行枯萎，尚有留恋自己生命的可能，所以她进言的时期，还没有完全过去；否则，她还用得着说这些话吗？我捧着这血迹模糊的心，求上帝，希望她永久保留有这个幻觉。我此后不敢不多喝酒，多抽烟，迟些睡觉，表示我的生命力尚未全尽，还有心情来扮个颓丧者，因此使她的幻觉，不全是个幻觉。虽然我也许不能再见她的倩影了，但是我却有些迷信，只怕她靠着直觉能够看到数千里外的我的生活情形。

她走之前，她老是默默地听我的忏情的话。她怎能说什么呢？我怎能不说呢？但是她的含意难伸的形容，向我诉出这十几年来她辛酸的经验。悲哀已爬到她的眉梢同她的眼睛里去了，她还用得着言语吗？她那轻脆的笑声，是她沉痛的心弦上弹出的绝调；她那欲泪的神情，传尽人世间的苦痛；她使我凛然起敬。我觉得无限的惭愧，只好滤些清净的心血，凝成几句的谎言。天使般的你呀！我深深地明白你会原宥，我从你的原宥，我得到我这个人唯一的价值。你对我说："女子多半都是心地极偏狭的，顶不会容人的，我却是心地最宽大的。"你这句自白，做了我黑暗的心灵的闪光。

我真认识得你吗？真走到你心窝的隐处吗？我绝不这样自问着。我知道，在我不敢讲的那个字的立场里，那个字就是唯一的认识。心心相契的人们，哪里用得着知道彼此的姓名和家世。

你走了。我生命的弦，戛然一声，全断了。你听见了没有？

六月十日午夜一时

（原载1930年6月23日《骆驼草》第7期）

莲花落

穆时英

世界上有个我，还有个她——我们是两个人。

飘泊着，秋天的黄叶子似的，一重山又一重山，一道水又一道水——我们是两个人。

和一副檀板，一把胡琴，一同地，从这座城到那座城，在草屋子的柴门前，在嵌在宫墙中间的黑漆大门前，在街上，在考场里，我们唱着“莲花落”，向人家化一个铜子，化一杯羹，化一碗冷饭——我们是两个人。

是的，我们是两个人。可是她在昨天死了。

是二十年前，那时，我的头发还和我的眼珠子那么黑，大兵把我的家轰了。一家人死的死了，跑的跑了，全不知哪去啦。我独自个儿往南跑，跑到傍晚时，真跑累了，就跑到前面那只凉亭那儿去。就在那儿，我碰到了她。她在里边，坐在地上哭，哭得抽抽咽咽的。我那时候儿还怕羞，离远些坐了下来。她偷偷儿地瞧了瞧我，哭声低了些。我心里想：劝劝她吧！这姑娘怎么一个人在这儿哭。

“别哭了，姑娘！哭什么呢！”我坐在老远地跟她说。

她不作声，还是哭，索性哭得更高声点儿。这事情不是糟了吗？我不敢再说话。我往凉亭外面望，不敢望她。天是暗了，有一只弯月亮照着那些田。近的远的，我找不到一点火。一只狗子站在凉亭外面冲着我望，我记得还是只黑狗。我们家里也有只黑狗；我们的牛是黄的；还有一只黑鸡，毛长得好看，想杀它，三年了，没忍心杀它；我们还有只花猫，妹妹顶爱那只猫，爹顶恨，说它爱偷嘴，可是妈是爱妹妹的，爹是爱我的。那只花猫偷吃了东西，爸要砍它脑袋，妹妹抱住了不放，爹就打她，妈听见她哭，就打我，我一闹，爹和妈就斗起嘴来了。可是爹哪去了？妈和妹妹哪去了？还有那只黑狗，那只黄牛，那只花猫呢？它们哪去了？

我想着想着，也想哭了，她却不知什么时候停了的，不哭啦。我把脑袋回过去瞧了瞧，她也赶忙把脑袋回过去，怕难为情，不让我瞧她的脸，我便从后边儿瞧着她。她在那儿不知道在吃什么，吃得够香甜的，“咽”的，我咽了口儿黏涎子，深夜里听起来，像打了个雷似的。她回过脑袋来瞧，我不知怎么的，“咽”的，又咽了口儿粘涎子。她“噗哧”地笑出来啦。我好难为情！她拿出个馍馍来，老远地伸着胳膊拿着。我也顾不得难为情，红着脸跑过去就吃，也不敢说话。吃完了，便看着她吃，她还有五个。她一抬脑袋，我连忙把眼光歪到一边。她却又拿了一个给我，我脸上真红热得了不得。

“多谢你！”我说。

吃完了，她又给了我两个。

“真多谢你！”我说。

“还要不要？”

我怎么能说还不够呢？我说够了。

“不饿吗，那么个男儿汉吃这么一些。”

“不饿，你怎么会独自个儿在这儿的呢？”

“一家子全死完咧！”她眼皮儿一红，又想哭啦。我赶忙不做声。过了会儿，等她好了，我才说道：“怎么呢？”

“他们打仗，把我们一家子全打完咧。”

“你到哪儿去呢？”

“我能到哪儿去呢？”

“你打算逃哪儿去？”

“我没打算往哪儿逃，带了几个馍馍，一跑就跑到这儿来啦。你呢？”

“我连粮食也没带，没叫大兵给打死，还是大运气，哪能打算往哪儿跑？跑到哪儿算哪儿罢咧。”

那时候儿，我和她越坐越近了，我手一摆，碰了她的手，我一笑，很不好意思地挪了挪身子。

“你还是坐远点儿吧？”

我便挪开些，老远地对坐着说话儿。

时候可真不早了，天上的星密得厉害，你挤我，我挤你，想把谁挤下来似的。凉亭外面的草全在露水里湿着，远处几棵倒生的树向月亮伸着枝干。一阵阵风吹过来，我也觉得有点儿冷。亭子外边儿，一只夜鸟叫了一声儿，那声气够怪的，像鬼哭，叫人心寒，接着就是一阵风。她把脖子一缩，哆嗦了一下。我瞧了她一眼。

“你还是坐过来些吧？”她说。

“你冷吗？”

“我害怕。”

我挪过去，贴着她坐下了，我刚贴着她的身子，她便一缩道：“你不会？”瞧着我。

我摇了摇头。

她便靠在我身上道：“我累了！”

就闭上了眼。

我瞧着她，把我的疲乏，把我的寂寞全丢了。我想，我不是独自个儿活在世上咧，我是和她一同地在这亭子里——我们是两个人。

第二天起来，她有了焦红的腮帮儿，散了的眉毛，她眼珠子里的处女味，昨儿晚上给贼偷了。她望了望天，望了望太阳，又望了望我，猛地掩着脸哭了起来。我不敢做声，我知道自家做错了事。她哭了好一会，才抬起脑袋来，拿手指指着我的鼻子道：“都是你！”

我低下了脑袋。

“你说不会的。”

“我想不到。”

她又哭，哭了一会儿道：“叫我怎么呢？”

“我们一块儿走吧！”

我们就一同往南走。也不知跑哪儿走。路上，她不说话，我也不敢说话。走到一家镇上，她说：“我真饿了。”我就跑到一家大饼铺子那儿，跟那个掌柜的求着道：“先生，可怜见我，饿坏了。全家给大兵打了，跪了一天一晚，没东西吃。”那掌柜的就像没听见。我只得走了开来。她站在那儿拐弯角儿上，用埋怨的脸色等着我。我没法儿，走到一家绸缎铺子前面，不知怎么的，想起了“莲花落”，便低了脑袋：

嗳呀嗳子喂！

花开梅花落呀，

一开一朵梅花！

腊梅花！

我觉得脸在红起来，旁边有许多人在围着看我；我真想钻到地下去。这时候儿，我猛地听见还有一个人在跟着我唱，一瞧，却是她，不知哪儿弄来的两块破竹片，拿在手里，“的的得得”地拍着。我气壮了起来，马上挺起了胸子，抬起脑袋来，高声儿地唱着“莲花落”——我们是两个人在唱着。

就从那天起，漂泊着，秋叶似的，从这座城到那座城。后来，我们又弄到了一把破胡琴，便和一把胡琴，一副檀板，一同地，一重山又一重山，一道水又一道水，在草屋子的柴门前面，在黑漆的大门前面，我们唱着“莲花落”。

昨天晚上，我们坐在一条小胡同里。她有点寒热，偎在我的身旁，看了我的头发道：“你的头发也有点儿灰了。”

“可不是吗！四十多了，哪能叫头发不白。”

“我们从凉亭里跑出来，到现在有二十多年，快三十年咧。光阴过得真快呀！你还记得吗，有一年，我们在河南，三天没讨到东西吃，你那当儿火气大极了，不知怎么，一来就打了我，把我腰那儿打得一大块青！你还记得吗？”

“你不是还把我的脸抓破了吗？”

"在凉亭里那晚上，不也很像今儿吗？"

我抬起脑袋来：在屋檐那儿，是一只弯月亮，把黑瓦全照成银色的。

"可是我真倦了！"她把脑袋靠在我肩上，好重。

我也没理会，只管看月亮，可是她就那么地死去咧。

和一副檀板，一把胡琴，一同地，一道水又一道水，一重山又一重山，在草屋子的柴门前面，在黑漆大门前面，在街上，在麦场里，我们一同地唱着"莲花落"。我们在一块儿笑，一块儿哭，一块儿叹息，一块儿抹眼泪：世界上有个我，还有个她——我们是两个人。

是的，我们是两个人。可是她在昨天晚上死了。

夜

穆时英

“我知道有这样一天，
我会找到你，找到你，
我流浪梦里的姑娘！”

哀愁也没有，欢喜也没有——情绪的真空。

可是，哪儿去哪？

江水“哗啦哗啦”地往岸上撞，撞得一嘴白沫子地回去了。夜空是暗蓝的，月亮是大的，江心里的黄月亮是弯曲的，多角形的。从浦东到浦西，在江面上，月光直照几里远，把大月亮拖在船尾上，一只小舢板在月光上驶过来了，摇船的生着银发。

江面上飘起了一声海关钟。

风吹着，吹起了水手服的领子，把烟蒂儿一弹弹到水里。

五月的夜啊，温柔的，温柔的……

老是这么地从这口岸到那口岸，歪戴着白水手帽，让风吹着领子，摆着大裤管，夜游神似的，独自个儿在夜的都市里踱着。古巴的椰子林里听过少女们叫卖椰子的歌声，在马德里的狭街上瞧披绣巾的卡门黑鬓上的红花，在神户的矮屋子里喝着菊子夫人手里的茶，可是他是孤独的。

一个水手，海上的吉普西。家在哪儿啊？家啊！

去吧？便走了，懒懒地。行人道上，一对对的男女走着；街车里，一个小个子的姑娘坐在大水手的中间；拉车的堆着笑脸问他要不要玩姑娘，他可以拉他去……

哀愁也没有，欢喜也没有——情绪的真空。

真的是真空吗？

喝点儿酒吧，喝醉了的人是快乐的——上海不是快乐的王国吗？

一拐弯走进了一家舞场。

酒精的刺激味，侧着肩膀顿着脚的水手的舞步，大鼓“呼呼”地敲着炎热南方的情调，翻在地上的酒杯和酒瓶，黄澄澄的酒，浓冽的色情……这些熟悉的，亲切的老朋友们啊。可是那粗野的醉汉的笑声是太响着点儿了！

在桌上坐下了，喝着酒。酒味他是知道的，像五月的夜那么地醉人。大喇叭反复地吹着：

我知道有这么一天，
我会找到她，找到她，
我流浪梦里的恋人。

舞着的人像没了灵魂似的在音乐里溶化了。他也想溶化在那里边儿，可是光觉得自家儿流不到那里边儿去，只是塑在那儿，因为他有了化石似的心境和情绪的真空。

有几个姑娘我早就忘了，

忘了她像黄昏时的一朵霞；

有几个还留在我记忆里，

在水面，在烟里，在花上，

她老对我说：

“瞧见没？我在这里。”

因为他有了化石似的心境和情绪的真空，因为他是独自个儿喝着酒，因为独自个儿喝着酒是乏味的，因为没一个姑娘伴着他……

右手那边儿桌上有个姑娘坐在那儿，和半杯咖啡一同地。穿着黑褂子，束了条阔腰带，从旁边看过去，她有个高的鼻子，精致的嘴角，长的眉梢和没有擦粉的脸，手托着下巴颏儿，憔悴地。她的头发和鞋跟是寂寞的。

狠狠地抽了口烟，把烫手的烟蒂儿弹到她前面，等她回过脑袋来，便像一个老练家似的，大手指一抹鼻翅儿，跟她点了点脑袋：

“Hello baby！”

就站起来走过去。她只冷冷地瞧着他，一张没有表情的脸。眼珠子是饱满了风尘的，嘴唇抽多了烟，歪着点儿。

“独自个儿吗？”

不做声，拿起咖啡来喝了点儿。从喝咖啡的模样儿看来，她是对于生，没有眷恋，也没有厌弃的人。可是她的视线是疲倦的。

“在等谁呢？”

一边掏出烟来，递给她一支。她接了烟，先不说话，点上了烟，抽了一口，把烟喷出来，喷灭了火柴，一边折着火柴梗，一边望着手里的烟卷儿，慢慢儿的：

“等你那么的一个男子哪。”

“你瞧着很寂寞的似的。”

“可不是吗？我老是瞧着很寂寞的。”淡淡地笑了一笑，一下子那笑劲儿便没了。

“为什么呢？这里不是有响的笑声和太浓的酒吗？”

她只从烟里边望着他。

“还有太疯狂的音乐呢！可是你为什么瞧着也很寂寞的！”

他只站了起来拉了她，向着那只大喇叭，舞着。

舞着：这儿有那么多的人，那么煊亮的衣服，那么香的威士忌，那么可爱的娘儿们，那么温柔的旋律，谁的脸上都带着笑劲儿，可是那笑劲儿像是硬堆上去的。

一个醉鬼猛地滑了一跤，大伙儿哄地笑了起来。他刚爬起来，又是一跤摔在地上。扯住了旁人的腿，抬起脑袋来问：

“我的鼻子在哪儿？”

他的伙伴把他拉了起来，他还一个劲儿嚷鼻子。

他听见她在怀里笑。

“想不到今儿会碰到你的，找你那么的姑娘找了好久了。”

“为什么找我那么的姑娘呢？”

“我爱憔悴的脸色，给许多人吻过的嘴唇，黑色的眼珠子，疲倦的神情……”

“你到过很多的地方吗？”

“有水的地方我全到过。哪儿都有家。”

“也爱过许多女子了吧？”

“可是我在找着你那么的一个姑娘哪。”

“所以你瞧着很寂寞的。”

“所以你也瞧着很寂寞的。”

他抱紧了点儿，她贴到他身上，便抬起脑袋来静静地瞧着他，他不懂她的眼光。那透明的眼光后边儿藏着大海的秘密，二十年的流浪。可是他爱那种眼光，他爱他自家儿明白不了的东西。

回到桌子上，便隔着酒杯尽瞧着她。

“你住哪儿？”

“你问他干吗！”

“可以告诉我你的名字吗？”

“问他干吗！我的名字太多了。”

“为什么全不肯告诉我？”

“过了今晚上我们还有会面的日子吗？知道有我这么个人就得啦，何必一定要知道我是谁呢！”

我知道有这么一天，
我会找到她，找到她；
我流浪梦里的恋人。

他仰脖子干了一杯，心境也爽朗起来啦。真是可爱的姑娘啊。猛地，有谁在他肩上拍了一下。

“伙计，瞧见我的鼻子没有？”

原来是那醉鬼。

“你的鼻子留在家里了，没带出来。”酒还在脖子那儿，给他一下子拍得咳嗽起来了。

“家？家吗？”猛地笑了起来，瞧着那姑娘，一伸手，把她的下巴颏儿一抬，“你猜我的家在哪儿？”

她懒懒地把他的手拉开了。

“告诉你，我的家在我的鼻子里边。今儿我把鼻子留在家里，忘了带出来了。”

他的伙伴刚跑过来想拉他回去，听他这么一说，就笑开啦。左手那边儿桌上一个姑娘叫他逗得把一口酒全喷了。她却抬起脑袋来望着他，怜悯地，像望着一个没娘的孩子似的。他腿一拐，差点儿倒了下去，给他的伙伴扶住了。

“咱们回去吧。”

“行，再会！”手摆了一下，便——“我要回去了，回家去了，回家去啊！”那么地唱着，拍着腿跑到舞着的人们里边去啦，老撞在人家身上，撞着了就自家儿吆喝着口令，立正，敬礼。一会儿便混到那边儿不见啦。可是他的嗓子还尽冒着，压低了大喇叭，压低了笑声。

“我要回去了，回家去了，回家去啊。”单调地，粗鲁地，像坏了的留声机似的响着。

她轻轻地叹息了一下。

“都是没有家的人啊！”

家在哪儿哪？家啊！

喇叭也没有，笛子也没有，铜钹也没有，大鼓也没有；一只小提琴独自个儿的，低低地奏着忧郁的调子。便想起了那天黄昏，在夏威夷靠着椰子树，拉着手风琴，看苍茫的海和模糊的太阳。

又是一声轻轻的叹息，她不知怎么的，会显着一种神经衰弱症患者的，颓丧的可是快慰的眼光。可是一会儿，便又是一张冷冷的他明白不了的脸啦。

“好像在哪儿见过你的。”

“我也好像在哪儿见过你似的，可是想不起来了。”

便默着喝酒。一杯，两杯，三杯……酒精解不了愁的日子是有的。他的脸红了起来，可是他的心却沉重起来了。

“可以快乐的时候，就乐一会儿吧。”

她猛地站了起来，一只手往他肩上一搁，便活泼地退到中间那片地板上，走了几步，一回身，胳臂往腰里一插，异样地向他一笑，扮了个鬼脸，跳起tango（探戈）来啦。悉悉地接着转了几个身，又回到他怀里，往后一弯腰，再往外转过身子去，平躺在他胳臂上，左手攀着他的胸子。

缓慢地，大鼓“咚咚咚”地。

她猛地腿一软，脑袋靠到他胸部，笑着。

“我醉了。”

“找个地方儿睡去吧。”

她已经全身靠在他身上了，越来越沉重咧。走到门外，她的眼皮儿就合上了，嘴上还挂着笑劲儿。在五月的夜风里，她的衣服是单薄的。可是五月的夜啊，温柔的……温柔的。

街上没有一个人，默默地走着，走着。

到一家旅馆里，把她放到床上，灭了灯，在黑暗里边，站到窗前抽着烟。月光从窗口流进来，在地上，像一方块的水。蔚蓝的烟，一圈圈地飞到窗外，慢慢儿地在夜色里淡了，没了。

“给我支烟吧。”

拿了支烟给她。她点上了，也喷起烟来啦。烟蒂儿上红的火闪耀着。平躺在床上，把胳臂垫在脑袋下面，脸苍白着。

他走到床前，一只脚踏在床上，尽瞧着她。她只望着天花板。他把在嘴里吸着的烟蒂儿吐在地上，把她抱了起来，一声儿不言语地凑到她嘴上吻着。他在自家儿的脸下瞧见了一双满不在乎的眼珠子，冷冷的。她把他的脸推开了，抽了口烟，猛地笑了起来，拿了烟蒂儿，拖着他的耳朵，把一口烟全喷在他嘴里了，拍一下他的脸。他抱着她走到镜子前面，在镜上呵了口气，就在那雾气上面，用手指画了颗心。她也呵了口气，也画颗心，再画支箭把那两颗心串在一块儿。再掏出擦脸的粉来给添在上面，一顺手就抹了他一脸。

“Big baby！”

说着笑，抱住了他的脖子，把脸贴着他的，两条腿在他胳臂上乱颠。猛地，他觉得自家儿的脸上湿了起来，瞧她时，却见眼珠子给泪蒙住了。

“怎么啦？”

“你明儿上哪去？”

“我自家儿也不知道，得随船走。”

“可是讲他干吗？明天是明天！”

泪珠后边儿透着笑劲儿，吻着他，热情地。

他醒了回来，竖起了身子，瞧见睡在旁边儿的那姑娘，想起昨晚上的事了。两只高跟儿鞋跌在床前。瞧手表，表没卸下来，弄停啦。

他轻轻地爬下床来，抽着烟穿衣服，把口袋里钱拿出来，放一半在她枕头边，又放了几支烟，一回头瞧见了那镜子，那镜子上的两颗心和一支箭，便把还有一半钱也放下了。她却睁开了眼来。

“走了吗？”

他点了点头。

她望着他，还是那副憔悴的，冷冷的神情。

“你怎么呢？”

“我不知道。”

“你以后怎么着呢？”

“我不知道。”

“以后还有机会再见吗？”

“我不知道。”

便点上了烟抽着。

“再会吧。”

她叹息了一下，说道：“记着我的名字吧，我叫茵蒂。”

他便走了，哼着：

我知道有这样一天，

我会找到你，找到你，

我流浪梦里的姑娘！

公　墓

穆时英

“我的生命有一个秘密，
一个青春的恋。
可是我恋着的姑娘不知道我的恋，
我也只得沉默。”

一

黑的大理石，白的大理石，在这纯洁的大理石底下，静静地躺着我的母亲。墓碑是我自家儿写的——

徐母陈太夫人之墓

民国十八年二月十五日儿克渊书

二

四月，愉快的季节。

郊外，南方来的风，吹着暮春的气息。这儿有晴朗的太阳，蔚蓝的天空；每朵小野花都含着笑。这儿没有爵士音乐，没有立体的建筑，跟经理调情的女书记。田野是广阔的，路是长的，空气是静的，广告牌上的绅士，是不会说话，只会抽烟的。

在母亲的墓前，我是纯洁的，愉快的；我有

一颗孩子的心。

每天上午，我总独自个儿跑到那儿去，买一束花，放在母亲的墓前，便坐到常青树的旁边，望着天空，怀念着辽远的孤寂的母亲。老带本诗集去，躺在草地上读，也会带口琴去，吹母亲爱听的《第八交响曲》。可是，在母亲墓前，我不抽烟。因为她是讨厌抽烟的。

管墓的为了我天天去，就和我混熟了，时常来跟我瞎拉扯。我是爱说话的，会唠叨地跟他说母亲的性情，说母亲是怎么个人。他老跟我讲到这死人的市府里的居民，讲到他们的家，讲到来拜访他们的人。

“还有位玲姑娘也是时常到这儿来的。”有一天他这么说起了，“一来就像你那么的，得坐上这么半天。”

“我怎么没瞧见过？”

“瞧见过的。不十分爱说话的，很可爱的，十八九岁的模样儿，小个子。有时和她爹一块儿来的。”

我记起来了，那玲姑娘我也碰到过几回，老穿淡紫的，稍微瘦点儿，她的脸和体态我却没有实感了，只记得她给我的印象是矛盾的集合体，有时是结着轻愁的丁香，有时是愉快地在明朗的太阳光底下嘻嘻地笑着的白鸽。

“哪座坟是她家的？”

“斜对面，往右手那边儿数去第四，有花放在那儿的——瞧到了没有？玲姑娘今儿早上来过啦。”

那座坟很雅洁。我曾经把它和母亲的坟比较过，还记得是姓欧阳的。

“不是姓欧阳的吗？”

“对啦，是广东人。”

“死了的是她的谁？”

“多半是她老娘吧。”

“也是时常到这儿来伴母亲的孤儿呢。”当时，我只这么想了一下。

三

那天，我从公墓里出来，在羊齿植物中间的小径上走着，却见她正从对面来了，便端详了她一眼。带着墓场的冷感的风，吹起了她的袍角，在她头发上吹动了暗暗的海，很有点儿潇洒的风姿。她有一双谜似的眼珠子，苍白的脸，腮帮儿上有点儿焦红，一瞧就知道是不十分健康的。她叫我想起山中透明的小溪，黄昏的薄雾，戴望舒先生的《雨巷》，蒙着梅雨的面网的电气广告。以后，又碰到了几次。老瞧见她独自个儿坐在那儿，含着沉默的笑，望着天边一大块一大块的白云，半闭着的黑水晶藏着东方古国的神秘。来的时候儿，总是独自个来的，只有一次，我瞧见她和几位跟她差不多年龄的姑娘到她母亲墓旁的墓地上野餐。她们大声地笑着，谈着。她那愉快的笑是有传染性的，大理石、石狮子、半折的古柱、风吕草，全对我嚷着：

“愉快啊——四月，恋的季节！”

我便“愉快啊”那么笑着。杜鹃在田野里叫着丁香的忧郁。沿着乡下的大路走到校里，便忘了饥饿地回想着她广东味的带鼻音的“你”字。为了这“你”字的妩媚，我崇拜着明媚的南国。

接连两天没瞧见她上公墓去，她母亲的那座坟是寂寞的，没有花。我坐在母亲的墓前，低下了脑袋忧郁着。我是在等着谁——等一声远远儿飘来的天主堂的钟，等一阵晚风，等一个紫色的朦胧的梦。是在等她吗？我不知道。干吗儿等她呢？我并不认识她。是怀念辽远的母亲吗？也许是的。可是她来了，便会“愉快啊”那么地微笑着，这我是明白的。

第三天，我远远儿地望见她正在那儿瞧母亲的墓碑。怀着吃朱古力时的感觉走了过去，把花放到大理石上：

“今儿你来早了。”

就红了脸。见了姑娘红着脸窘住了，她只低低地应了一声儿，便淡淡地走了开去。瞧她走远了，我猛地倒了下去，躺在草地上：没有嘴，没有手，没有视觉，没有神经中枢，我只想跳起来再倒下去，倒下去再跳起来。我是无轨列车，我要大声地嚷，我要跑，我要飞。力和热充满着我的身子。我是伟大的。猛地，我想起了给人家瞧见了，不是笑话吗？那么疯了似的！才慢慢儿地静了下来。可是，我的思想却加速度地飞去了，我的脑纤维组织爆裂啦，成了那么多的电子，向以太中躥着。每一颗电子都是愉快的，在我耳朵旁边苍蝇似的嗡嗡地叫。想着想着，可是在想着什么呢？自家儿也不知道是在那儿想着什么。我想笑；我笑着。我是中了Spring fever（思春症）吧？

“徐先生，你的花全给你压扁啦。”

那管墓的在嘴角儿上叼着烟蒂儿，拿着把剪小树枝的剪刀。我正躺在花上，花真的给我压扁了。他在那儿修剪着围着我母亲的墓场的矮树的枝叶。我想告诉他，我跟玲姑娘讲过了，告诉他我是快乐的。可是笑话哪。便拔着地上的草和他谈着。

晚上，我悄悄地对母亲说：“要是你是在我旁边儿，我要告诉你，你的儿子疯了。”可是现在，我跟谁说呢？同学们要拿我开玩笑的。睡到早上，天刚亮，我猛地坐了起来，望了望窗外，操场上没一个人；温柔的太阳的触手，抚摸着大块的土地。我想着晚上的梦，那些梦，却像云似的，飞啦，捉摸不到。又躺下去睡啦——睡啦，像一个幸福的孩子。

下午，我打了条阔领带——我爱穿连领的衬衫，不大打领带的。从那条悠长的煤屑路向公墓那儿走去。温柔的风啊！火车在铁路上往那边儿驶去，嚷着，吐着气，喘着，一脸的汗。尽那边儿，蒙着一层烟似的，瞧不清楚，只瞧得蓝的天，广阔的田野，天主堂的塔尖，青的树丛。花房的玻璃棚反射着太阳的光线；池塘的水面上有苍老的青苔，岸上有柳树；在矮篱旁开着一丛蔷薇，一株桃花。我折了条白杨的树枝，削去了桠枝和树叶，当手杖。

一个法国姑娘，戴着白的法兰西帽，骑在马上踱着过来，她的笑劲儿里边有地中海旁葡萄园的香味。我笑，扬一扬手里的柳条，说道：

“愉快的四月啊！”

“你打它一鞭吧。”

我便在马腿上打了一鞭，那马就跑去了。那法国姑娘回过身来扬一扬胳臂。她是亲热的。挑着菜的乡下人也对我笑着。

走到那条往母亲墓前去的小径上，我便往她家的坟那儿望，那坟旁的常青树中间露着那淡紫的旗袍儿，亭亭地站在那儿哪。在树根的旁边，在黑绸的高跟儿鞋上面，一双精致的脚！紫色的丁香，沉默地躺在白大理石上面；紫色的玲姑娘，沉默地垂倒了脑袋，在微风里边。

“她也在那儿啊：和我在一个蔚蓝的天下面存在着，和我在一个四月中间存在着。吹动了她的头发的风，就是吹起了我的阔领带的风哪！”——我是那么没理由地高兴。

过去和她谈谈我们的母亲吧。就这么冒昧地跑过去不是有点儿粗野吗？可是我真的走过去啦，装着满不在乎的脸，一个把坟墓当作建筑的艺术而欣赏着的人的脸。她正在那儿像在想着什么似的，见我过去，显着为难的神情，招呼了一下，便避开了我的视线。

吞下了炸弹哪，吐出来又不是，不吐出来又不是。再过一会儿，又得红着脸窘住啦。

“这是你母亲的墓吧？”究竟这么说了。

她不作声，天真的嘴犄角儿送来了怀乡病的笑，点下了脑袋。

“这么晴朗的季节到郊外来伴着母亲，是比什么都有意思的。”只得像独自那么地扮着滑稽的角色，觉得快要变成喜剧的场面了。

“静静地坐在这儿望着蓝天是很有味的。”她坐了下去，不是预备拒绝我的模样儿，“时常瞧见你坐在那儿，你母亲的墓上——你不是天天来的吗？”

“差不多天天来的。”我也跟着坐了下去，同时——“不会怪我不懂礼貌吧？”这么地想着。“我的母亲顶怕蚂蝗哪！”

“母亲啊！”她又望着远方了，沉默地笑着，在她视线上面，在她的笑劲儿上面，像蒙了一层薄雾似的，暗示着一种温暖的感觉。

我也喝醉了似的，躺在她的朦胧的视线和笑劲儿上面了。

“我还记得母亲帮我逃学，把我寄到姑母家里，不让爹知道。”

“母亲替我织的绒衫子，我三岁时穿的绒衫子还放在我放首饰的小铁箱里。”

“母亲讨厌抽烟，老从爹嘴上把雪茄抢下来。”

“母亲爱白芙蓉，我爱紫丁香。”

我的爹有点儿怕母亲的。

“跟爹斗了嘴，母亲也会哭的。我瞧见母亲哭过一次。”

“母亲啊！”

“静静地在这大理石下面躺着的，正是母亲呢！”

“我的母亲也静静地躺在那边儿大理石下面哪！”

在怀念着辽远的母亲的情绪中，混和着我们中间友谊的好感。我们絮絮地谈着母亲生前的事，像一对五岁的孩子。

那天晚上，我在房里边跳着兜圈儿，把自家弄累了才上床去，躺了一会儿，又坐起来。宿舍里的灯全熄了，我望着那银色的海似的操场，那球门的影子，远方的树，默默地想着，默默地笑着。

四

每天坐在大理石上，和她一同地，听着那寂寂的落花，靠着墓碑。说她不爱说话的人是错了，一讲到母亲，那张契默的嘴里，就结结巴巴地泛溢着活泼的话。就是缄默的时候，她的眼珠子也会说着神秘的话——只有我听得懂的话。她有近代人的敏感，她的眼珠子是情绪的寒暑表。从那儿，我可以推测气压和心理的晴雨。

姑娘们应当放在适宜的背景里。要是玲姑娘存在在直线的建筑物里边，存在在银红的、黑和白配合着的强烈颜色的衣服里边，存在在爵士乐和neon light（霓虹灯）里边，她会丧失她那种结着淡淡的哀愁的风姿的。她那蹙着的眉尖，适宜于垂直在地上的白大理石的墓碑，常青树的行列，枯花的凄凉味；她那明媚的语调和梦似的微笑，却适宜于广大的田野，晴朗的天气；而她那蒙着雾似的视线，老是望着辽远的故乡和孤寂的母亲的。

有时，便伴着她在田园间慢步着，听着在她的鞋跟下扬起的恋的悄语。把母亲作中心点，往外，一圈圈地划着谈话资料的圆。

“我顶喜欢古旧的乡村的空气。”

“你喜欢骑马吗？骑了马在田野中跑着，是年轻人的事。”

“母亲是死在西湖疗养院的，一个五月的晚上。肺结核是她的遗产；有了这遗产，我对于运动便是绝缘体了。”说到肺结核，她的脸是神经衰弱病患者的。

为了她的健康，我忧郁着。“如果她死了，我要把她葬在紫丁香塚里，弹着mandolin（曼陀林），唱着肖邦的流浪曲，伴着她，像现在伴着母亲那么地。”——这么地想着。

恋着一位害肺病的姑娘，猛地有一天知道了她会给肺结核菌当作食料的，真是痛苦的事啊。可是痛苦有吗用呢？

“那么，你干吗不住到香港去哪？那儿不是很好的疗养院吗？南方的太阳会医好你的。”我真希望把她放在暖房里花似的培养着哪……小心地在快枯了的花朵上洒着水——做园丁是快乐的。我要用紫色的薄绸包着她，盖着那盛开着的花蕊，成天地守在那儿，不让蜜蜂飞近来。

“是的，我爱香港。从我们家的窗子里望出去，可以看到在细雨里蛇似的蜿蜒着维多利亚市的道路。我爱那种淡淡的哀愁。可是父亲独自个儿在上海寂寞，便来伴他；我是很爱他的。”

走进了一条小径，两边是矮树扎成的篱子。从树枝的底下穿过去，地上有从树叶的空隙里漏下来的太阳光，蚂蚱似的，爬在蔓草上；蔓草老缠住她的鞋跟，一缠住了，便轻轻地顿着脚，蹙着眉尖说：

“讨厌的……”

那条幽静的小径是很长的，前面从矮篱里边往外伸着苍郁的夏天的灌木的胳膊，那迷离的叶和花遮住了去路，地上堆满着落花，风吕草在脚下怨恨着。俯着身子走过去，“悉悉”地，践着混了花瓣的松土。猛地，矮篱旁伸出枝蔷薇来，枝上的刺钩住了她的头发，我上去帮着她摘那些刺，她歪着脑袋瞧。这么一来，我便忘了给蔷薇刺出血来的手指啦。

走出了那条小径，啊，瞧哪！那么一大片麦田，没一座屋子，没一个人！那边儿是一个池塘，我们便跑到那儿坐下了。是傍晚时分，那么大的血色的太阳在天的那边儿，站在麦穗的顶上，蓝的天，一大块一大块的红云，紫色的暮霭罩住了远方的麦田。水面上有柳树的影子，我们的影子，那么清晰的黑暗。她轻轻地喘着气，散乱的头发，桃红的腮帮儿——可是肺病的征象哪！我忧郁着。

“广大的田野！”

“蓝的天！”

“那太阳，黄昏时的太阳！”

“还有——”还有什么呢？还有她啊；她正是黄昏时的太阳！可是我没讲出来。为什么不说呢？说“姑娘，我恋着你。”可是我胆怯，只轻轻地“可爱的季节啊！”这么叹息着。

“瞧哪！”她伸出脚来，透明的浅灰的丝袜子上面爬满了毛虫似的草实。

“我……我怎么说呢？我要告诉你一个故事。从前有一位姑娘，她是像花那么可爱的，是的，像丁香花。有一痴心的年轻人恋着她，可是她不知道。那年轻人天天在她身旁，可是他却是孤独的，忧郁的。那姑娘是不十分康健的，他为她挂虑着。他是那么地恋着她，只要瞧见了她，便觉得幸福。他不敢请求什么，也不敢希冀什么，只要她知道他的恋，他便会满意的。可是，那姑娘却不知道，不知道他每晚上低低地哭泣着……”

“可是那姑娘是谁哪？”

“那姑娘……那姑娘？是一位紫丁香似的姑娘……是的，不知在哪本书上看来的一个故事罢咧。”

“可爱的故事哪。借给我那本书吧。”

“我忘了这本书的名字，多咱找到了便带给你。就是找不到，我可以讲给你听的。”

“可爱的故事哪！可是，瞧哪，在那边儿，那边是我的故乡啊！”蒙着雾似的眼珠子望着天边，嘴犄角儿上挂着梦似的笑。

我的恋，没谁知道的恋，沉默的恋，埋在我年轻的心底。

“如果母亲还活着的话，她会知道的；我会告诉她的。我要跪在她前面，让她抚着我的头发，告诉她，她儿子隐秘的恋。母亲啊！”我也望着天边，嘴犄角儿上挂着寂寞的笑，睁着忧郁的眼。

五

在课堂前的石阶上坐着，从怀里掏出母亲照片来悄悄地跟她说。

“母亲，爹爱着你的时候儿，是怎么跟你说的呢？他也讲个美丽的暗示的故事给你听的吗？他也是像我那么胆怯的吗？母亲，你为什么要生一个胆怯的儿子哪？”

母亲笑着说：“淘气的孩子。沉默地恋着不也很好吗？”

我悄悄地哭了。深夜里跑到这儿来干吗呢？夜风是冷的，夜是默静而温柔的；在幸福和忧郁双重压力下，孩子的心是脆弱的。

弹着mandolin，低低地唱着，靠在墓碑上：

我的生命有一个秘密，
一个青春的恋。
可是我恋着的姑娘不知道我的恋，
我也只得沉默。
天天在她身边，我是幸福的，
可是依旧是孤独的；
她不会知道一颗痛苦的孩子的心，
我也只得沉默。
她听着这充满着“她”的歌时，
她会说：“她”是谁呢？
直到年华度尽在尘土，我不会向她明说我的恋，
我也只得沉默！

我低下了脑袋，默默地。玲姑娘坐在前面。

“瞧哪，像忧郁诗人莱诺的手杖哪，你的脸！”

“告诉你吧，我的秘密……”可是我永远不会告诉她真话的，“我想起了母亲呢！”

便又默着了，我们是时常静静地坐着的。我不愿意她讲话。瞧了她会说话的嘴，我是痛苦的。有了嘴不能说自家儿的秘密，不是痛苦的哑子吗？我到现在还不明白，为什么我那时不明说。我又

不是不会说话的人。可是把这么在天真的年龄上的纯洁的姑娘当作恋的对象，真是犯罪的行为呢。她是应该玛利亚似的供奉着的，用殉教者的热诚，每晚上为她的康健祈祷着。再说，她讲多了话就喘气，这对于她的康健有妨碍。我情愿让她默着。她默着时，她的发，她的闭着的嘴，她的精致的鞋跟，会说着比说话时更有意思的悄语，一种新鲜的，得用第六觉去谛听的言语。

那天回去的路上，尘土里有一朵残了的紫丁香，给人家践过的。她拾了起来，裹在白手帕里边，塞在我的口袋里。

“我家里有许多这么的小紫花呢，古董似的藏着，有三年前的，干得像纸花似的。多咱到我家里来瞧瞧吧。我有妈的照片和我小时候到现在的照片；还有贵重的糖果，青色的书房。”

第二天是星期日，我把那天的日记抄在下面：

五月二十八日

我不想到爹那儿去，也不想上母亲那儿去。早上，朋友们约我上丽娃栗妲摇船去；他们说，那边儿有柳树，有花，有快乐的人们。在苏州河里边摇船，是江南人的专利权。我拒绝了。他们说我近来变了。是的，我变了，我喜欢孤独。我时常独自个儿在校外走着，思量着。我时常有失眠的晚上。可是谁知道我怎么会变的？谁知道我在恋着一位孤寂的姑娘！母亲知道的，可是她不会告诉别人的。我自家儿也知道，可是我告诉谁呢？

今儿，玲姑娘在家里伴父亲。我成天地坐在一条小河旁的树影下，哑巴似的，什么事也不做，戴了顶阔边草帽。夏天慢慢儿地走来了，从那边田野里，从布谷鸟的叫声里。河边的草像半年没修发的人的胡髭。田岸上走着光了上半身的老实的农夫。天上没一丁点云。大路上，趁假日到郊外来骑马的人们，他们的白帆布马裤在马背上闪烁着。我是寂寞的。

晚上，我把春天的衣服放到箱子里，不预备再穿了。

明儿是玲的生日，我要到她家里去。送她些什么礼呢？我要送她一册戴望舒先生的诗集，一束紫丁香，和一颗痛苦着的心。

今晚上我会失眠的。

六

洒水车“嘶嘶”地在沥青路上走过，戴白帽的天主教徒喃喃地讲着她们的故国，橱窗里摆着小巧的日本的遮阳伞、丝睡衣。不知哪儿，已经有蝉声了。

墙上牵满着藤叶，窗子前种着棵芭蕉，“悉悉”地响着。屋子前面有个小园，沿街是一溜法国风的矮栅。走进了矮栅，从那条甬道上走到屋子前的石阶去，只见门忽然开了，她亭亭地站在那儿笑着，很少见的顽皮的笑。等我走近了，一把月季花的子抛在我脸上，那些翡翠似的子全在我脸上爆了。

“早从窗口那儿瞧见了你哪。”

“这是我送你的小小的礼物。”

“多谢你。这比他们送我的那些糖果、珠宝啦可爱多啦。”

“我知道那些你爱好的东西。”恳切地瞧着她。

可是她不会明白我的眼光的。我跟了她进去，默着。陈设得很简单的一间书房，三面都有窗。一只桃花木的写字台靠窗放着，那边儿角上，是一只书架，李清照的词，凡尔兰的诗集。

"你懂法文的吗？"

"从前我父亲在法国大使馆任上时，带着我一同去的。"

她把我送她的那本《我的记忆》放到书架上。屋子中间放着只沙发榻，一个天鹅绒的坐垫，前面一只圆儿，上面放了两本贴照簿，还有只小沙发。那边靠窗一只独脚长几，上面一只长颈花瓶，一束紫丁香。她把我送她的紫丁香也插在那儿。

"那束丁香是爹送我的。它们枯了的时候，我要用紫色的绸把它们包起来，和母亲织的绒衫在一块儿。"

她站在那儿，望着那花。太阳从白窗纱里透过来，抚摸着紫丁香的花朵和她的头发，温柔地。窗纱上有芭蕉的影子。闲静浸透了这书房。我的灵魂、思想，全流向她了，和太阳的触手一同地，抚摸着那丁香，她的头发。

"为什么单看重那两束丁香呢？"

她回过身来，用那蒙着雾似的眼光望我，过了一会才说道："你不懂的。"我懂的！这雾似的眼光，这一刹那，这一句话，在我的记忆上永远是新鲜的。我的灵魂会消灭，我的身子会朽腐，这记忆永远是新鲜的。

窗外一个戴白帆布遮阳帽的影子一闪，她猛地跳起来，跑了出去。我便瞧一下壁上的陈设，只挂着一架银灰的画框，是Monet（莫奈）的田舍画。苍郁的夏日的色彩和简朴的线条。

"爸，你替我到客厅里去对付那伙儿客人吧。不，你先来瞧瞧他，就是我时常提到的那个孩子。他的母亲是妈的邻舍呢！你瞧瞧，他也送了我一束紫丁香……"她小鸟似的躲在一个中年人的肩膀下面进来了。有这么个女儿的父亲是幸福的。这位幸福的父亲的肘下还夹着半打鱼肝油，这使我想起实验室里石膏砌的骨骼标本，和背着大鳖鱼的丹麦人。他父亲脸上还剩留着少年时的风韵。他的身子是强壮的。怎么会生了瘦弱的女儿呢？瞧了在他胁下娇小的玲姑娘，我忧郁着。他把褂子和遮阳帽交给了她，掏出手帕来擦一擦脑门上的汗，没讲几句话，便带了他那体贴女儿的脸，一同出去了。

“会客室里还有客人吗？”

“讨厌的贺客。”

“为什么不请他们过来呢？”

“这间书房是我的，我不愿意让他们过来闹。”

“我不相干，你伴他们谈去吧。疏淡了他们不大有礼貌的。”

“我不是答应了你一块儿看照片的吗？”

便坐在那沙发榻上，翻着那本贴照簿。从照上，我认识了她的母亲。嘴角和瘦削的脸和她是很像的。她拿了一大盒礼糖来跟我一块儿吃着。贴照簿里边有一张她的照片，是前年在香港拍的：坐在一丛紫丁香前面，那熟悉的笑，熟悉的视线，脸比现在丰腴，底下写着一行小字——“Say it with flowers（笑容可掬）。”

“谁给你拍的？”

“爸……”这么说着便往外跑，“我去弄Tea你吃。”

那张照片，在光和影上，都够得上说是上品。而她那种梦似的风姿，在别的照片中是找不到的。我尽瞧着那张照，一面却：“为什么她单让我一个人走进她的书房来呢？为什么她说我不懂的？不懂的……不懂的……什么意思哪，那么地瞧着我？向她说吧，说我爱她……啊！啊！可是问她要了这张照吧！我要把这张照片配了银灰色的框子，挂在书房里，和母亲的照一同地，也在旁边放了只长脚儿，插上了紫丁香，每晚上跪在前面，为她祈福。”——那么地沉思着。

她拿了银盘子进来，给我倒了一杯牛奶红茶，还有一个香蕉饼，两片面包。

“这是我做的。在香港我老做椰子饼和荔枝饼给父亲吃。”

她站到圆桌旁瞧我吃，孩气地。

“你自家儿呢？”

“我刚才吃了糖，不能再吃了，健康的人是幸福的；我是只有吃鱼肝油的福分。广东有许多荔枝园，那么多的荔枝，黑珠似的挂在枝上，那透明的荔肉！”

“你今天很快乐哪！可不是吗？”

“因为我下星期要到香港了，跟着父亲。”

“什么？”我把嘴里的香蕉饼也忘了。

“怎么啦？还要回来的。”

刚才还馋嘴地吃着的香蕉饼，和喝着牛奶红茶，全吃不下了。跟她说呢，还是不跟她说？神经组织顿时崩溃了下来——没有脊椎，没有神经，没有心脏的人了哪！

“多咱走哪？”

“后天，应该来送我的。”

“准来送你的。可是，明儿我们再一同去看看母亲吧？”

“我本来预备去的，可是你为什么不吃哪？”

我瞧着她，默着——说还是不说？

“不吃吗？讨厌的。是我自家儿做的香蕉饼哪！你不吃吗？”蹙着眉尖，轻轻地顿着脚，笑着，催促着。

像反刍动物似的，我把香蕉饼吃了下去，又吐了出来，再嚼着，好久才吃完了。她坐到钢琴前面弹着“Kiss me good night，not good bye（晚安，晚安，晚安，再见）”。感伤的调子懒懒地在紫丁香上回旋着，在窗后面躲着。天慢慢儿地暗了下来，黄昏的微光从窗子那儿偷偷地进来，爬满了一屋子。她的背影是模糊的，她的头发是暗暗的。等她弹完了那调子，阖上了琴盖，我就戴上了帽子，走了。她送我到栅门边，说道：

“我今儿是快乐的！”

“我也是快乐的！再会吧。”

“再会吧！”扬一扬胳臂，送来了一个微笑。

我也笑着。走到路上，回过脑袋来，她还站在门边向我扬着胳臂。前面的一串街灯是小姐们晚礼服的钻边。忽然，我发现自家儿眼眥上也挂着灯，珠子似的，闪耀着，落下去了；在我手里的母亲照片中的脸模糊了。

“为什么不向她说呢？”后悔着。

回过身去瞧，那书房临街的窗口那儿，有了浅绿的灯光，直照到窗外窥视着的藤上，而那依依地，寂寞地响着的，是钢琴的幽咽的调子，嘹亮的声音。

七

第二天，只在墓场里巡行了一回，在母亲的墓上坐着。她也注意到了我的阴郁的脸色，问我为什么。“告诉她吧？”那么地想着。终究还是说了一句：

“怀念着母亲呢！”

天气太热，她的纱衫已经给汗珠轻薄地浸透了背上，里面的衬衣自傲地卖弄着风情。她还要整理行装，我便催着她回去了。

送行的时候，连再会也没说，那船便慢慢地离开了码头。可是她眼珠子说着的话，我是懂得的。我站在码头上，瞧着那只船。她和她的父亲站在船栏后面……海是青的，海上的湿风对于她的康健是有妨害的，我要为她祝福。

她走了没几天，我的父亲为了商业的关系上天津去，得住几年，我也跟着转学到北平了。临走时给了她一封信，写了我北平的地址。

每天，坐在窗前，听着沙漠里的驼铃，年华的蛩音。这儿有晴朗的太阳，蔚蓝的天空，可是江南的那一种风，这儿是没有的。从香港，她寄了封信来，说下月便到上海来；她说香港给海滨浴场、音乐会、夜总会、露天舞场占满了，每天只靠着窗栏逗鹦鹉玩。第二封信来时，她已经在上海啦；她说，上海早就有了秋意，窗前的紫丁香枯了，包了放在首饰箱里，鹦鹉也带了来，就挂在放花瓶的那只独脚几旁，也学会了叹息地说：

“母亲啊！”

她又说，还是常上公墓那儿去的。在墓前，现在是只有菊花啦。可是北平只有枯叶呢，再过几天，刮黄沙的日子快来咧。等着信的时间是长的，读信的时间是短的——我恨中国航空公司，为什么不开平沪班哪？列车和总统号在空间运动的速度是不能和我的脉搏相应的。

从褪了金黄色的太阳光里，从郊外的猎角声里，秋天来了。我咳嗽着。没有恐惧，没有悲哀，没有喜乐。秋天的重量我是清楚的。再过几天，我又要每晚上发热了。秋天淌冷汗，在我，是惯常的事。

多咱我们再一同到公墓呢？你的母亲也许在那儿怀念你哪！

玲十月二十三日

咳嗽得很厉害，发了五天热，脸上泛着桃色。父亲忧虑着，赶明儿得进医院了。每年冬季，总是在蝴蝶似的看护妇、寒热表、硝酸臭味里边过的，想不到今年这么早就进去了。

希望你天天写信来，在医院里，这是生活的必需品。

玲十一月五日

我瘦多了，今年的病比往年凶着点儿。母亲那儿好久不去了。等病好了，春天来了，我想天天去。

我在怀念着在墓前坐着谈母亲的日子啊！

又：医生禁止我写信，以后恐怕不能再写了。

玲十一月十四日

来了这封信后，便只有我天天地写信给她，来信是没了。每写一封信，我总"告诉她吧？"——那么地思忖着。末了，便写了封很长的信给她，告诉她我恋着她。可是这封信却从邮局里退回来啦，那火漆还很完整的。信封上写着："此人已出院。"

"怎么啦？怎么啦？好了吗？还是……还是……"便想起那鱼肝油，白色的疗养院，冷冷的公墓，她母亲的墓，新的草地，新的墓，新的常春树，紫丁香……可是那墓场的冷感的风啊……冷感的风……冷感的风啊！

赶忙写了封信到她家里去，连呼吸的闲暇也没有地等着。覆信究竟来了。看到信封上的苍老的笔迹，我觉得心脏跳了出来，人是往下沉，往下沉。信是这么写着的：

年轻人，你迟了。她是十二月二十八葬到她母亲墓旁的。临死的时候儿，她留下来几件东西给你。到上海来时，看我一次吧，我可以领你去拜访她的新墓。

欧阳旭

“迟了！迟了！母亲啊，你为什么生一个胆怯的儿子呢？”没有眼泪，没有叹息，也没有悔恨，我只是低下了脑袋，静静地，静静地坐着。

一年以后，我跟父亲到了上海，那时正是四月。我换上了去年穿的那身衣服，上玲姑娘家去。又是春天啦，瞧哪，那些年轻的脸。我叩了门，出来开门的是她的爹。这一年，他脸上多了许多皱纹，老多了。他带着我到玲姑娘的书房里。窗前那只独脚儿还在那儿，花瓶也还在那儿。什么都和去年一样，没什么变动。他叫我坐了一会，跑去拿了用绸包着的，去年我送玲姑娘的枯了的紫丁香，和一本金边的贴照簿给我。

“她的遗产是两束枯了的紫丁香，两本她自家儿的照片。她吩咐我和你平分。”

我是认识这两件东西的，便默默地收下了，记起了口袋里还有她去年给我的从地上捡来的一朵丁香。

“瞧瞧她的墓去吧？”

便和他一起儿走了，路上买了一束新鲜的丁香。

郊外，南方来的风，吹着暮春的气息；晴朗的太阳，蔚蓝的天空，每一朵小野花都含着笑。田野是广阔的，路是长的，空气是静的，广告牌上的绅士，是不会说话，只会微笑的。

走进墓场的大门，管墓的高兴地笑着，说道：

“欧阳先生，小姐的墓碑已经安上了。”

见了我，便——

“好久不见了！”

“是的。”

走过母亲的墓，我没停下来。在那边儿，黑的大理石，白的大理石上有一块新的墓碑：

爱女欧阳玲之墓

我不会忘记的，那梦似的笑，蒙着雾似的眼光，不十分健康的肤色，还有“你不懂的。”我懂的，可是我迟了。

他脱下了帽子，我也脱下了帽子。

一九三二年三月十六日